Tl

HENRI MICHAUX

Books Published in English

*

A Barbarian in Asia (New Directions)

By Surprise (Hanuman Books)

Darkness Moves: An Henri Michaux Anthology 1927–1984
(University of California Press)

Selected Writings of Henri Michaux
(New Directions)

Tent Posts (Green Integer)

Henri Michaux

TENT POSTS

*Translated from the French
and with an Introduction
by Lynn Hoggard*

GREEN INTEGER
KØBENHAVN • 1997

GREEN INTEGER BOOKS
Edited by Per Bregne and Guy Bennett

Distributed in the United States by Sun & Moon Press
6026 Wilshire Boulevard
Los Angeles, California 90036
(213) 857-1115/http://www.sunmoon.com

Published originally as *Poteaux d'angle*
by Editions Gallimard, 1981
©1981 by Editions Gallimard
Reprinted by permission
Translation ©1997 by Lynn Hoggard
Back cover copy ©1997 by Green Integer Books
All rights reserved

Design: Per Bregne
Typography: Guy Bennett

LIBRARY OF CONGRESS CATALOGING IN PUBLICATION DATA
Michaux, Henri [1899–1984]
Tent Posts
ISBN: 1-55713-328-X
p. cm — Green Integer
I. Title. II. Series.

If André Malraux is correct in his dramatic prediction that "the twenty-first century will be mystical, or it will not be," no French writer has awaited that age more impatiently or prepared for it more fully than Henri Michaux, the medical student who early on abandoned physics for metaphysics. Michaux endured the twentieth century, an "age of washouts" in his opinion, very nearly from one end to the other (born in 1899, he died in 1984). His long, solitary, multi-faceted literary career, almost overshadowed by his renown as a painter, defies classification, even though he has most frequently been grouped among the surrealists. His greatest celebrity in the United States came as a result of his 1950s and '60s writings about drug experiments while under medical supervision, but his negative assessment of those experiments has received less attention. Sensationalized and inad-

equately represented in this country, the core of Michaux's writing waits to be grasped in terms of one of its greatest strengths, particularly apparent in his later work: its apprehension of a human affinity with the cosmos. Focusing on minute, physiological/psychological details and moving outside the context of conventional religion, Michaux makes a crucial linkage between individual body and universal spirit.

The poetic prose musings of *Tent Posts* (Michaux apparently had the tent-post image in mind when he entitled the work *Poteaux d'angle*), first published when Michaux was seventy-two years old, show his mercurial complexity. His central concern is with the darker mysteries folded and hidden inside ordinary human phenomena, mysteries the individual must explore to become fully—agonizingly, Michaux warns—alive. His "tent posts" are tools to help anchor, shape, and stretch the fabric of the psyche, protecting it from darkness inside and out. They are also "posts" in the sense of brief messages communicated by a restless, wondering intellect.

Michaux's writing style, a translator's challenge, is militantly anti-literary. Alternately arch and intimate, he often leaves phrases provocatively loose to jostle the intellect sometimes into perplexity, sometimes into insight ("Man, relationships to man, to woman, you shift back and forth inertially"). At other times he writes with deliberate, ironic clumsiness: "Style: sign (a bad one) of an *unchanged distance* (but that could have, should have, changed)." And when describing the web-weavings of a spider on hallucinogens, he proteanly imitates his subject: "...it makes mistakes, redoublings, in other places leaves holes, it, so careful, and goes heedlessly on." At times, in an effort to preserve Michaux's meaning, the translation bolts away from the original. A reader familiar with French may be surprised to see, for example, the word *guêpe* [wasp] translated as *weasel*. Michaux uses a connotation of *guêpe* in French to imply slyness and cunning. Not only does the word *wasp* not have such a connotation in English, it also carries social and political overtones that Michaux didn't intend.

In translating the text, my goal has been to preserve a sense of Michaux's archness and intimacy. While the translation's roots are idiomatic English, they are grounded and fed in foreign soil. The resulting "transplant," I hope, justifies itself. I am deeply grateful to Michaux scholar and ALTA colleague David Ball for his close reading and insightful suggestions at several stages of the translation. And to David Kornacker I offer my sincere appreciation for his advice and encouragement.

The American reader new to Michaux may have other surprises. Even in the opening lines of *Tent Posts*, Michaux fixes his glittering, accusative eye with unnerving insistence on the reader—Michaux's sister, brother, double—and, with sly method, calls the reader a fool and a simpleton. His black-hearted smile in the face of weakness ("The tameness of your angel forced you to look for a devil") nevertheless masks an urgent compassion ("Go by what you feel…. Expansions will come soon enough,…."). From beginning to end of the book, he resolutely affirms the value of drift-

ing with a "meditative flow" that is "the truest thing" about the individual.

The braces of *Tent Posts*, however, aren't offered for the purpose of cocooning in a tent of self. They give grounding and guidance to the adventurous traveler in spaces much larger than the personal. Michaux counsels that the journey be made with forethought, with a clear awareness of risks, and with the desire not so much to save this age as to move on to a new one.

—LYNN HOGGARD
Midwestern State University

TENT POSTS

C'est à un combat sans corps qu'il faut te préparer, tel que tu puisses faire front en tout cas, combat abstrait qui, au contraire des autres, s'apprend par rêverie.

N'apprends qu'avec réserve.

Toute une vie ne suffit pas pour désapprendre, ce que naïf, soumis, tu t'es laissé mettre dans la tête—innocent!—sans songer aux conséquences.

Avec tes défauts, pas de hâte. Ne va pas à la légère les corriger.

Qu'irais-tu mettre à la place?

Garde ta mauvaise mémoire. Elle a sa raison d'être, sans doute.

You must prepare for bodiless combat, to be able at least to hold your own: abstract combat that contrary to other kinds is learned by daydreaming.

Learn cautiously.

A whole lifetime isn't enough to unlearn what you allowed, naively and submissively, to be put into your head—simpleton!—without fathoming the consequences.

With your faults, don't hurry. Don't correct them thoughtlessly. What would you put in their place?

Hold on to your bad memory. It has its reason for being, no doubt.

Garde intacte ta faiblesse. Ne cherche pas à acquérir des forces, de celles surtout qui ne sont pas pour toi, qui ne te sont pas destinées, dont la nature te préservait, te préparant à autre chose.

On n'est pas allé dans la lune en l'admirant. Sinon, il y a des millénaires qu'on y serait déjà.

Le loup qui comprend l'agneau est perdu, mourra de faim, n'aura pas compris l'agneau, se sera mépris sur le loup… et presque tout lui reste à connaître sur l'être.

S. est pour toi un imbécile. Attention.
Imbécillité, « de référence ». Trop satisfaisante. C'est surtout grâce à *ton* imbécillité que l'imbécillité de l'autre est pour toi si pleine.
Pourtant superficielle. Elle n'a guère que *ta* substance.

Keep your weakness intact. Don't try to acquire strengths, above all those that aren't for you, not meant for you, that nature has preserved you from, preparing you for something else.

They didn't get to the moon by admiring it. Otherwise they'd have been there millennia ago.

The wolf that understands the lamb is lost, will die of hunger, will not have understood the lamb, will have been wrong about the wolf—and almost everything remains for it to learn about being.

To you, S. is an idiot. Careful.
Idiocy of "coordinates." Too satisfying. It's thanks to your own idiocy that someone else's seems so bountiful to you.
But superficial. Little more than *your* substance there.

Tu laisses quelqu'un nager en toi, aménager en toi, faire du plâtre en toi et tu veux encore être toi-même!

Non, non, pas acquérir. Voyager pour t'appauvrir. Voilà ce dont tu as besoin.

Songe aux précédents. Ils ont terni tout ce qu'ils ont compris.

Toute pensée, après peu de temps, arrête. Pense pour échapper; d'abord à *leurs* pensées-culs-de-sac, ensuite à *tes* pensées-culs-de-sac.

Réalisation. Pas trop. Seulement ce qu'il faut pour qu'on te laisse la paix avec les réalisations, de façon que tu puisses, en rêvant, pour toi seul, bientôt rentrer dans l'irréel, l'irréalisable, l'indifférence à la réalisation.

You let someone swim around inside you, set up house inside you, mix plaster inside you—and still you want to be yourself!

No, no, not gain. Travel to lose. That's what you need.

Consider precedents. They've tarnished everything they've grasped.

All thought, after a short while, stops. Think in order to escape—first from *their* dead-end thoughts, then from *your* dead-end thoughts.

Making things real. Not too much. Just enough for people to leave you alone about making things real, so that while dreaming just for yourself you can quickly go back to the unreal, the unmakeably real, the indifference to making real.

Va jusqu'au bout de tes erreurs, au moins de quelques-unes, de façon à en bien pouvoir observer le type. Sinon, t'arrêtant à mi-chemin, tu iras toujours aveuglément reprenant le même genre d'erreurs, de bout en bout de ta vie, ce que certains appeleront ta « destinée ». L'ennemi, qui est ta structure, force-le à se découvrir. Si tu n'as pas pu gauchir ta destinée, tu n'auras été qu'un appartement loué.

Celui qui n'a pas été détesté, il lui manquera toujours quelque chose, infirmité courante chez les ecclésiastiques, les pasteurs et hommes de cette espèce, lesquels souvent font songer à des veaux. Les anticorps manquent.

Faute de soleil, sache mûrir dans la glace.

Si tu traces une route, attention, tu auras du mal à revenir à l'étendue.

Go to the ends of your errors, at least a few of them, to be able to study the type. If not, stopping halfway, you'll blindly keep making the same sort of mistakes from one end of your life to the other, what some will call your "destiny." Force that enemy—your structure—to show itself. If you haven't been able to twist your destiny, you'll have been nothing but a rented apartment.

The person who hasn't been detested has missed something—common failing among the clergy, pastors, and others of this type, who often make one think of cattle. They lack antibodies.

Lacking sun, know how to ripen in ice.

If you follow a road, be careful; you'll have trouble coming back to wide openness.

Un bébé crocodile, au sortir de l'œuf, mord. Un bébé tigre, lui, assoiffé de lait, avide d'un corps chaud et ami, veut avant tout aimer, être aimé. Mamelles à téter, première innocence des mammifères. Plus tard, reconversion brutale. Maintenant, tout à la douceur. Gare au tigrillon s'il sentait l'agneau. Heureusement il sent le petit tigre. Avec confiance donc, il peut se frotter sous les pattes terribles, mordiller, déranger, tirailler. Il ne risque rien.

Assez joué tout de même. Mère-tigre le repousse. Maintenant elle va boire.

Rien qu'à la voir approcher de l'eau, on lui donne raison, en tout, et tort à la vache, à la biche, au daim, aux herbivores. Solennellement, religieusement, prête à tout, elle s'approche du baquet. Le feu de sa soif rend l'eau sacrée. Une vache, même mourante de soif, ne peut prendre l'eau avec grandeur, avec considération. Un certain registre lui a été refusé. Elle n'ira jamais à l'eau que comme une vache.

A baby crocodile, coming out of its egg, bites. A baby tiger, thirsty for milk, craving a warm, friendly body, wants above all to love and be loved. Teats for sucking: primal mammalian innocence. Later, brutal reconversion. Now, all gentleness. Look out for the tiger cub if he smelled like a lamb. Fortunately, he smells like a little tiger. So he can confidently rub around under those terrible paws—nibble, bother, tug. He's not in any danger.

Even so, enough play. Mother Tiger pushes him away. Now she goes to drink.

Simply watching her approach the water, we see that she's right about everything, and the cow, the doe, the buck—herbivores—are wrong. Solemnly, religiously, able to handle anything, she approaches the bowl. The fire of her thirst makes the water holy. A cow, even one dying of thirst, can't take water with grandeur, with deliberation. A certain register has been denied. It will never go to water other than as a cow.

La tigresse, elle, ce qu'elle fait, et quoi qu'elle fasse, est important. Plus que Reine, Roi, un Roi qui a pris une affaire en main, un Roi qui serait en même temps un « dur ».

Dans la cage cependant, tout est dénuement et l'eau dans le baquet vient d'un affreux robinet rouillé. Mais le tigre est au-dessus du manque.

Le manque, c'est pour toi, le manque et l'agressivité, ce piteux semblant d'audace.

Dans un pays sans eau, que faire de la soif?
De la fierté.
Si le peuple en est capable.

Toujours il demeurera quelques faits sur lesquels une intelligence même révoltée saura, pour se tranquilliser elle-même, faire de secrets et sages alignements, petits et rassurants.

Cherche donc, cherche et tâche de détecter au moins quelques-uns de ces alignements qui, sous-jacents, à tort t'apaisent.

Whereas what the tigress does, whatever she does, matters. More than Queen, King—a King who has taken some matter in hand, a King who is also a "tough guy."

Yet in the cage, everything is stripped away, and the water in the tub comes from a dreadful, rusty faucet. But the tiger is above want.

Want is for you, want and aggression—that shabby, sham audacity.

In a country without water, how to deal with thirst?

With pride.

If the population is capable of it.

There will always be a few supports on which even a rebel intelligence, to steady itself, will manage to make secret, shrewd accommodations, small and comforting.

So look, look for and try to detect at least a few of these underlying accommodations that soothe you, falsely.

Quoi qu'il t'arrive, ne te laisse jamais aller—faute suprême—à te croire maître, même pas un maître à mal penser. Il te reste beaucoup à faire, énormément, presque tout. La mort cueillera un fruit encore vert.

Skieur au fond d'un puits.

…Bêtes pour avoir été intelligents trop tôt. Toi, ne te hâte pas vers l'adaptation.

Toujours garde en réserve de l'inadaptation.

Les hommes, tu ne les as jamais pénétrés. Tu ne les as pas non plus véritablement observés, ni non plus aimés ou détestés à fond. Tu les as feuilletés. Accepte donc que, par eux, semblablement feuilleté, toi aussi tu ne sois que feuillets, quelques feuillets.

No matter what happens to you, don't ever allow yourself—major mistake—to think of yourself as a master, not even master of bad thinking. You have a lot left to do, a great deal, almost everything. Death will pick a fruit still green.

Skier at the pit of a well.

Some are dumb for having been too soon smart. Don't rush into adaptability.

Always hold inadaptability in reserve.

Human beings: you've never fathomed them. Nor have you truly observed them, nor fully loved or hated. You've leafed through them. So accept that being likewise leafed by them you too are no more than leaves, a few leaves.

Il faut un obstacle nouveau pour un savoir nouveau. Veille périodiquement à te susciter des obstacles, obstacles pour lesquels tu vas devoir trouver une parade… et une nouvelle intelligence.

Pour chaque époque à venir, compte sur une sottise de rechange. Il est rare qu'elle manque et qu'il ne se trouve pas dans l'époque nouvelle une sottise qui lui devienne propre. Tu ne risques pas de te tromper longtemps.

Souviens-toi.
Celui qui acquiert, chaque fois qu'il acquiert, perd.

Attention! Accomplir la fonction de refus à l'étage voulu, sinon; ah sinon…

Arctique par le front. Seulement par le front.

A new obstacle requires new knowledge. See about periodically stirring up obstacles that you're going to have to parry—and address with a new intelligence.

For every era to come, count on one stupidity held in reserve. Rarely is it absent, and rarely does a new era fail to have a stupidity of its own. Not much chance of your being wrong for long.

Remember.
Whoever gains, with every gain, loses.

Careful! Perform the duties of refusal at the right stage. Otherwise—ah, otherwise....

Arctic while head-on. Only while head-on.

Garde ce qu'il faut d'ectoplasme pour paraître « leur » contemporain.

Le sage transforme sa colère de telle manière que personne ne la reconnaît. Mais lui, étant sage, la reconnaît… parfois.

Voyons, n'as-tu pas trop de tension pour devenir modeste, ou serait-ce que tu es par trop immodeste pour que jamais ta tension baisse.

La vie, aussi vite que tu l'utilises, s'écoule, s'en va, longue seulement à qui sait errer, paresser. A la veille de sa mort, l'homme d'action et de travail s'aperçoit—trop tard—de la naturelle longueur de la vie, de celle qu'il lui eût été possible de connaître lui aussi, si seulement il avait su de continuelles interventions s'abstenir.

Hold on to enough ectoplasm to appear "their" contemporary.

The wise man transforms his anger in such a way that no one recognizes it. But being wise he recognizes it—sometimes.

Come on, don't you have too much tension in you to be modest—or is it that you're far too immodest ever to lower your tension?

Life, as quickly as you use it, melts away, disappears, long only to someone who knows how to drift, loaf. On the eve of his death, the man of action and work realizes—too late—life's natural span, the one he too might have known had he only understood, through constant intervention, how not to act.

Le soc de la charrue n'est pas fait pour le compromis.

L'homme qui sait se reposer, le cou sur une ficelle tendue, n'aura que faire des enseignements d'un philosophe qui a besoin d'un lit.

Ce que tu as gâché, que tu as laissé se gâcher et qui te gêne et te préoccupe, ton échec est pourtant cela même, qui ne dormant pas, est énergie, énergie surtout. Qu'en fais-tu?

Il plie malaisément les genoux, ses pas ne sont pas bien grands, mais il reçoit mieux *n'importe quel rayon,* celui qui jamais n'a été disciple.

Ne laisse personne choisir tes boucs émissaires. C'est ton affaire. S'il coïncide avec le bouc émissaire d'un autre, ou de dizaines d'autres ou davantage, change de bouc. Il ne peut être le tien.

The plowshare isn't made for compromise.

The man who can rest with his neck on a taut string has no use for the teachings of a philosopher in need of a bed.

What you've ruined, what you've let get ruined, what bothers and worries you—your defeat—is nevertheless the selfsame, unsleeping thing that energy is—energy above all. What are you doing with it?

He bends his knee awkwardly, his steps aren't long, but he receives *any ray at all* more fully: the person who has never been a disciple.

Don't let anyone else choose your scapegoats. That's your business. If yours coincides with somebody else's, or dozens of others, or more—change goats. That one can't be yours.

Que détruire lorsque enfin tu auras détruit ce que tu voulais détruire? Le barrage de ton propre savoir.

Si la souffrance dégageait une énergie importante, directement utilisable, quel technicien hésiterait à ordonner de la capter, et à faire construire à cet effet des installations?

Avec des mots de « progrès, de promotion, de besoin de la collectivité » il fermerait la bouche *aux malheureux* et recueillerait l'approbation de ceux qui à travers tout entendent diriger. Tu peux en être certain.

Un scientifique sera toujours plus sûr de ses sentiments, lorsqu'ils sont d'un type communément partagé par les lombrics, les ichneumons et les rats.

Toi, n'attends pas ces permissions-là.

Fais fond sur ce que tu ressens, quand même tu serais seul à le sentir.

What to destroy when you've finally destroyed what you wanted to destroy? The roadblock of your own knowledge.

If suffering released a sizeable amount of directly applicable energy, what technician would hesitate to order its harnessing and to have plants built for that purpose?

With words like "progress, promotion, community need," he would silence the ones on the bottom and gain the approval of those who, whatever the scenario, plan on being in control. You can be sure of it.

A scientist will always be more certain of his feelings when they're of a type common to earthworms, ichneumon flies, and rats.

Don't let yourself wait for that kind of permission.

Go by what you feel, even if you're the only one feeling that way.

Les élargissements viendront assez tôt et aussi bien les réductions.

Dans une société de grande civilisation, il est essentiel pour la cruauté, pour la haine et la domination si elles veulent se maintenir, de se camoufler, retrouvant les vertus du mimétisme.

Le camouflage en leur contraire sera le plus courant. C'est en effet par là, prétendant parler seulement au nom des autres, que le haineux pourra le mieux démoraliser, mater, paralyser. C'est de ce côté que *tu devras* t'attendre à le rencontrer.

Dans la chambre de ton esprit, croyant te faire des serviteurs, c'est toi probablement qui de plus en plus te fais serviteur. De qui? De quoi?

Et bien, cherche. Cherche.

Si les soucoupes volantes existent, elles enlèveront à quelques-uns, qui y tiennent encore passionné-

Expansions will come soon enough, as will reductions.

In a highly developed society, it's essential for cruelty, hate, and domination, if they want to hold on, to camouflage themselves, taking on the aids of mimicry.

Camouflage into opposites is the most common. That's in fact how those full of hate, claiming to speak solely for others, can best demoralize, suppress, paralyze. That's the direction from which *you'd better* get ready to meet them.

In the room of your mind, thinking to make a few servants for yourself, more and more you've probably been made the servant. Of whom? Of what?

Well, look. Look.

If flying saucers exist they'll take away the ever-fading conviction from several people who still hold

ment, la conviction de plus en plus faible, que la science, malheureuse erreur d'orientation particulière à certains sur cette planète, aurait pu *ne pas* se produire.

La pensée avant d'être œuvre est trajet.

N'aie pas honte de devoir passer par des lieux fâcheux, indignes, apparemment pas faits pour toi. Celui qui pour garder sa « noblesse » les évitera, son savoir aura toujours l'air d'être resté à mi-distance.

En saisissant, tu auras saisi immanquablement quelque chose en plus. Ce surplus, voilà ce dont tu ne te doutes pas et dont tu ne sais et ne sauras rien ou presque rien avant longtemps, avant que l'époque tout entière peut-être, ne soit passée, dépassée. Il sera tard alors. Oui, bien tard.

Tu peux être tranquille. Il reste du limpide en toi. En une seule vie tu n'as pas pu tout souiller.

passionately to it that science—wretched error of a certain orientation by some on this planet—could have *not* come about.

Before being a product, thought is a process.

Don't be ashamed about having to pass through difficult, undignified places that don't seem made for you. The knowledge of someone who avoids such places in order to maintain "nobility" will always seem to have stayed at mid-point.

As you grasped, you'll have inevitably caught hold of something extra. That surplus—that's the thing you don't suspect and don't know and won't know anything or almost anything about for a long time, until the whole age maybe has passed, been passed by. Then it will be late. Yes, extremely late.

You can rest easy. Something limpid remains in you. In a single life you haven't been able to muddy everything.

La couleuvre qui s'enroule autour d'une souris, ce n'est pas pour jouer. C'est—après l'ingestion qui suivra—pour répondre à la demande de son organisme en graisses, protides, sels minéraux assimilables, etc. Sans doute, sans doute. Mais sûrement la réponse que se donne à elle-même la couleuvre est plus belle, plus émouvante, plus digne, plus excitante, plus cérémonielle, plus sacrée peut-être, et assurément plus « couleuvre ».

La pierre n'a pas reçu en partage la respiration. Elle s'en passe. C'est à la gravitation surtout qu'elle a affaire.

Toi, c'est beaucoup plus aux « autres » que tu auras affaire, à quantité d'autres. Considère en conséquence tes compagnons de séjour avec discrimination, traitant les roches d'une façon, le bois, les plantes, les vers, les microbes d'une autre façon, et les animaux et les hommes d'une autre façon encore, sans jamais te confondre avec les uns et les autres, surtout pas avec ces créatures à qui la pa-

The snake that coils around a mouse doesn't do so out of playfulness. It is—after the ingesting that follows—answering the requirements of its organism for fat, protein, assimilable mineral salts, etc. Yes, of course; most likely. But surely the answer the snake gives itself is more beautiful, more touching, more dignified, more thrilling, more ceremonial, more holy perhaps, and—most certainly—more "snake."

The rock was not given respiration as part of its lot. It does without it. Gravitation is the rock's special business.

Your business will be much more with "others," large numbers of others. So consider your travel-companions with discrimination, treating rocks one way, wood, plants, worms, germs another way, and animals and humans still another, not ever getting yourself mixed into them, especially not with those creatures for whom speech seems given principally for the purpose of getting themselves

role semble avoir été donnée principalement afin d'arriver à se mêler au plus grand nombre, au milieu duquel, croyant comprendre et être compris, quoique à peine compris et immensément incompréhensifs, ils se sentent à l'aise, réjouis, dilatés.

Avec une sensibilité de citerne, ne fraie pas avec une sensibilité d'effleurement.

Tu es contagieux à toi-même, souviens-t'en.
Ne laisse pas « toi » te gagner.

Une chose indispensable : avoir de la place. Sans la place, pas de bienveillance. Pas de tolérance, pas de… et pas de…

Quand la place manque, un seul sentiment, bien connu, et l'exaspération, qui en est l'insuffisante issue.

Avec plus d'espace, tu peux avoir plus de sentiments, plus variés. Pourquoi dans ce cas t'en priver?

mixed with the greatest number, among whom, thinking they understand and are understood—though hardly understood and hugely lacking in understanding—they feel at ease, joyful, expansive.

Don't mingle a cistern sensibility with a flitting sensibility.

You're contagious to yourself, remember.
Don't let "you" take over.

Something indispensable: Having space. Without space, no kindness. No tolerance, no this and no that.

Without space, a single, well-known feeling—and exasperation, the inadequate response to it.

With more space you can have more, and more varied, feelings. In this case, why do without?

Est-ce que tu es préparé? Que fais-tu contre le foisonnement?

Si l'énervement général dans les villes émettait des billes, des billes qui s'écouleraient dans les rues, s'accumulant dans les plus étroites, dans les immeubles élevés dégringolant sur les marches des escaliers avec un bruit monotone et martelé, ne serait-ce pas plus sain, plus vrai, plus adapté? Sans doute des problèmes suivraient. N'est-ce pas l'occupation même des cerveaux d'hommes que de résoudre des problèmes?

Au revers qui paraît l'endroit, au cœur d'une prise sans emprise, au long des heures, à l'orée de l'indéfiniment prolongé de l'espace et du temps, attrape-dehors, attrape-dedans, attrape-nigaud, dis, qu'est-ce que tu fais?

Qu'est-ce que tu es, nuit sombre au-dedans d'une pierre?

[*Fin, première partie*]

Are you prepared? What are you doing to counter profusion?

If general irritation in cities produced marbles—marbles that went rolling through the streets, piling up in the narrowest ones, tumbling along with a monotonous, tapping sound down the stairways of tall buildings—wouldn't this be healthier, more workable, more real? Problems would doubtless follow. But isn't problem-solving the very task of human brains?

On the wrong side that looks right, at the heart of an insight without sight, in the span of hours, at the limit of indefinitely extended space and time—inside trick, outside trick, con game—tell me, what are you doing?

What are you, dark night on the inside of a rock?

[End, Part I]

Le continent de l'insatiable, tu y es. De cela au moins on ne te privera pas, même indigent.

En te méfiant du multiple, n'oublie pas de te méfier de son contraire, de son trop facile contraire : l'un. C'est toujours de l'assouvissement, l'unité. Pour cette satisfaction à tout prix, des erreurs sans limites sont nées en tout pays, et ont été acceptées...pour être ensuite tranquille parfois durant des siècles malgré l'absurde, malgré l'évidente insuffisance.

L'homme, les relations avec l'homme, avec la femme, c'est par commodité que tu vas à l'un et l'autre. Même comme adversaires. Cependant n'oublie pas que c'est au monde, au monde entier que tu es né, que tu dois naître, à sa vastitude.

A l'infini ton immense, dure, indifférente parenté.

You are now on the continent of the insatiate. At least no one can deprive you, even destitute, of that.

While distrusting multiplicity, don't forget to distrust its opposite, its too-easy opposite: the one. Unity is always gratifying. For this satisfaction at whatever cost, countless errors have been spawned in every country and been accepted—to stand serene sometimes for a span of centuries in spite of the absurdity, in spite of the obvious insufficiency.

Man, relationships to man, to woman, you shift back and forth inertially. Almost like adversaries. But don't forget that you're born, should be born, to the whole world—to its vastitude.

To infinity your huge, hard, indifferent kinship.

Si tu es un homme appelé à échouer, n'échoue pas toutefois n'importe comment.

Tu sors d'un lac, tu rentres dans un lac, portant un bandeau noir, mais tu crois toujours voir clair!

Étant multiple, compliqué, complexe, et d'ailleurs fuyant—si tu te montres simple, tu seras un tricheur, un menteur.

Tu l'es. Fais au moins quelquefois un effort de sincérité au lieu de te dissimuler dans le courant de l'époque ou dans un de ces groupes où par amitié, naïveté ou espérance on s'unifie.

Harmonise tes détériorations, mais pas au début, pas prématurément et jamais définitivement.

La fadeur de ton ange t'obligea à chercher un démon, qui n'est que ton sataniseur. L'as-tu bien

If you're a man called on to fail, don't fail just any old way.

You come out of a lake, go back into a lake wearing a black blindfold but still think yourself clear-sighted!

Because you're multiple, complicated, complex and yet insubstantial, presenting yourself as simple will make you a cheat and a liar.

You are. But at least sometimes make an effort toward sincerity instead of hiding yourself in the tide of the times or in one of those groups where people get together out of friendship, simple-mindedness, or wishful thinking.

Harmonize your disintegration. But not at first, not prematurely, and never definitively.

The tameness of your angel forced you to look for a devil, who is none other than your Satanizer.

choisi? Luciférien, comme il se doit de l'être (c'est son signe), mais pas non plus absolument disproportionné à ta mince vigueur. Veilles-y. Ils s'accrochent, tu sais?

Adulte, tu as montré ta première couche, celle qui fréquemment revenant tourner autour de toi, te plaisait ou te gênait.

Bien. Tout le monde ne l'a pas réussi. Maintenant trouve les autres pour ta gouverne et afin de pouvoir ensuite les repousser et faire de la place. Il te reste tellement à découvrir.

Cependant ne deviens pas un « montreur ». C'est toujours à *toi*, avant tous, que tu dois montrer l'inapparent; pour toi c'est vital.

L'espace où « ils »… et « elles » n'iront jamais et ne le pourraient pas, à périodiquement retrouver et continuer à habiter en solitaire, voilà ton espace à ne jamais troquer définitivement pour un espace verbal, pictural, musical, social. C'est lui, ton « tien

Have you chosen him carefully? Luciferous, as he ought to be (that's his sign), but not absolutely out of proportion to your slight strength, either. Keep an eye out. They hang on, you know.

As an adult, you've shown your swaddling layer, the one that came back often, circling you, that pleased or bothered you.

Good. Not everyone has done it. Now, find others for guidance, so that later you can push them away and make room. So much remains for you to discover.

However, don't become a "showman." It's always to *yourself*, before all others, that you have to show what's unapparent; for you it's crucial.

The space where "they" will never and could never go, to periodically rediscover and continue living alone—there's your space, never to be traded definitively for a verbal, pictoral, musical, or social

» limité à toi, pourtant presque illimité, espace à préserver.

Ne te livre pas comme un paquet ficelé. Ris avec tes cris; crie avec tes rires.

A quel homme donner le titre de parfait massacreur des pères?

Ne va pas donner ta voix à tel ou tel célèbre faiseur de système en qui le grand nombre a vu un libérateur. Ils aiment tellement être entraînés. Ils attendaient de l'être. Nouvel esclavage pour ces inguérissables fils de fils.

N. On allait l'assassiner.

La lame brillante du long couteau dirigé sur lui allait s'abaisser.

Le moment de crier était donc arrivé, et n'allait plus revenir. Il fallait faire vite. Mais parce qu'il fallait faire tellement, inhabituellement, excep-

space. That's the one—your "yours," limited to you yet nearly limitless—space to preserve.

Don't hand yourself over like a wrapped package. Laugh while you howl. Howl with laughter.

To which man goes the title of consummate father-killer?

Don't go lending your voice to some well-known systematizer viewed as a liberator by the masses. They dearly love being swept away. They were waiting for it. New slavery for those incurable sons of sons.

N. was going to be assassinated.

The glittering blade of the long knife directed at him was about to plunge.

The moment to cry out had come and would not come again. Things had to happen fast. But because things had to happen so unusually, excep-

tionnellement vite, en cette rencontre extra-ordinaire, sans proportion avec les rencontres faites jusque-là dans son existence, N. fut incapable de remuer si peu que ce fût ses cordes vocales au fond de sa gorge, ou bien il ne les trouva pas, occupé comme il était à la considération du moment in-comparable qui se présentait. Il n'en connaîtrait plus d'autres, de moments. Quant à l'assassin, il avait utilisé le temps sans tarder.

La vitesse pour ces gens, c'est capital.

N. est donc mort à cause d'une tendance à la contemplation, revenue mal à propos.

Si on connaissait la sensation de base des autres, on serait toujours à l'aise avec eux. Ils se tiennent en effet de préférence dans certaines parties de leur être, n'occupant pas également la totalité de leur corps, mais seulement quelques places et positions privilégiées.

Cependant même à eux, il leur manque de savoir, quoiqu'ils l'utilisent—aveuglément —, *où est* leur centre, cette approximative base

tionally fast, at this extraordinary juncture, out of proportion to the encounters made up to then in his existence, N. was incapable of moving, however slightly, the vocal cords at the base of his throat; or rather, he didn't find them, busy as he was considering the incomparable moment now before him. He would know no other such moments. As for the assassin, he had made good use of his time.

Speed for these people is key.

So N. is dead because of a tendency toward contemplation—come at a bad time.

If we were familiar with the fundamental sensation of others we would always be comfortable with them. By choice they in fact stay inside certain parts of their being, not occupying the full range of their body equally, only a few strongholds and privileged positions.

However, even they don't know, though they blindly make use of it—exactly *where* their center is, that approximate, shifting base with its habits,

changeante, qui a ses habitudes, ses cycles, ses irrégularités, qui la rend quasi personnelle. Là où ils se retirent. Là d'où ils repartent pour irradier, centre mouvant peu sensiblement ou tout à fait insensiblement déplacé par des appels en relation avec des concentrations incessamment variant en silence dans un monde d'infimes se renforçant ou se freinant les uns les autres. Cette zone vague, mais forte, demeure assez particulière à chacun pour qu'un autre ne puisse la connaître, ni même la deviner, encore moins la ressentir. Propriété personnelle.

Ah! si on pouvait la trouver! Les énigmatiques personnes d'en face, ce serait alors tout autre chose. Leur donner un conseil deviendrait valable. Ça le deviendra-t-il un jour? Fini alors de jeter les bouteilles à la mer.

C'est quand tu galopes que tu es le plus parasité.

Certains ont besoin de leur petitesse pour sentir.

its cycles, its irregularities, which renders it almost personal. There, where they withdraw. There, the place they leave from to shine forth again—a moving center, barely perceptibly or totally imperceptibly shifted by summons relative to densities endlessly fluctuating in silence, within a world of minutiae bolstering and braking against one another. This vague but powerful zone remains extremely private for each individual so that no one else can recognize it, not even guess at it, still less, feel it. Personal property.

But if we could find it! Then the mysterious beings opposite us would be an entirely different matter. Giving them advice would be worth something. Will this happen someday? Done, then, with tossing bottles into the sea.

It's when you gallop that your parasites are most alive.

Some people need their pettiness in order to

D'autres font appel à leur grandeur. Certains ont besoin de toi pour se transformer.

Le style, cette commodité à se camper et à camper le monde, serait l'homme? Cette suspecte acquisition dont, à l'écrivain qui se réjouit, on fait compliment? Son prétendu don va coller à lui, le sclérosant sourdement. Style : signe (mauvais) de la *distance inchangée* (mais qui eût pu, eût dû changer), la distance où à tort il demeure et se maintient vis-à-vis de son être et des choses et des personnes. Bloqué! Il s'était précipité dans son style (ou l'avait cherché laborieusement). Pour une vie d'emprunt, il a lâché sa totalité, sa possibilité de changement, de mutation. Pas de quoi être fier. Style qui deviendra manque de courage, manque d'ouverture, de réouverture : en somme une infirmité.

Tâche d'en sortir. Va suffisamment loin en toi pour que ton style ne puisse plus suivre.

feel. Others call on their greatness. Some need you for their self-transformation.

Is style—that convenience of settling oneself in and pinpointing the world—really the man? That questionable achievement bringing praise to the reveling author? His assumed gift is going to stick to him, slowly turning him sclerotic. Style: sign (a bad one) of an *unchanged distance* (but that could have, should have, changed), a distance where he mistakenly stays and one he maintains regarding his being, things, and individuals. Blocked! He threw himself into his style (or laboriously sought it out). For a life on loan, he let go of his wholeness, his possibility for change, mutation. Nothing to be proud of. Style that will become lack of courage, lack of openness, of renewal: in sum, an infirmity.

Try to get out of it. Go far enough into yourself that your style can't follow.

Dans un pays de plaines, trafic de collines, C'est la règle.

Village de guêpes. En as-tu connu d'autres? Sinon, tu te serais habitué.

Si un crapaud parlait italien, pourquoi ne parlerait-il pas français... à la longue?

Du temps que nous étions entre fourmis, antennes tendues, vibrantes, je me souviens, c'était avant la famille des hommes, entre des brins d'herbe, parmi des graines tombées. Il n'y avait pas à réfléchir. La terre mouillée sentait fortement. Indistinct, inconcevable était l'avenir.

Dehors la fête, abondante, de toute part.
La fête!
A l'intérieur on enlève la musique.

In a land of plains, dealing in hills. That's how it's done.

Town of weasels. Have you known other kinds? If not, you'll have adjusted.

If its tongue were Italian, couldn't a toad's tongue also be French, in the long run?

From the time we were part of the ants—antennae rigid, quivering, I remember; it was before the family of men, among the blades of grass, the fallen seeds. No contemplation there. The wet earth had a pungent smell. Vague, unfathomable the future.

Outside, the celebration, everywhere overflowing.

The celebration!

Inside, they're taking the music away.

Depuis longtemps quelqu'un que rien n'appelle à cela, désirerait labourer. Et avec un araire des plus simples, des plus rustiques, des plus primitifs. A cause je suppose des traces de passages qui, là, dans la terre se maintiennent mieux qu'ailleurs, admirables sillons qui parlent au cœur des hommes.

Avant, lorsqu'il voyageait, se sentant nomade, il n'avait pas de ces représentations de sédentaire.

En combien d'autres sociétés, d'autres climats, d'autres époques aurais-tu pareillement été un raté? Question à te poser.

Cela fait peur, mais peut guérir de beaucoup d'autosatisfaction injustifiée.

Et ne mentionnons pas les tribus. Là, « pas de repêchage ». Elles ne t'auraient pas laissé vivre.

Cherchant une lumière, garde une fumée.

For a long time now, someone, who didn't have to do it, has wanted to plow. And with the simplest, most rustic, most primitive swing plow. In order I guess to leave a trace, held there in the soil better than elsewhere: admirable furrows that speak to the heart of man.

Before, feeling like a nomad as he traveled, he didn't have these sedentary images.

In how many other societies, climates, ages would you likewise have been a failure? Something to ask yourself.

It's frightening but can go a long way to clear up unwarranted self-satisfaction.

And let's not mention tribes. There, "no second chance." They wouldn't have let you live.

Looking for light, hold smoke.

Même si tu as eu la sottise de te montrer, sois tranquille, ils ne te voient pas.

Lâche, tu as du courage. Mais où l'as-tu? Tu ne le sais pas.

Il est là comme étranger à toi, tu n'as pas idée comment le mettre en fonctionnement. Sois donc plus chercheur, il est là, sot que tu es, endormi à cause de ton incurie, de ton incuriosité et parce que devant de nouveaux commencements tu te dérobes. Trouve-le donc. Trop bête de le laisser puisqu'il est en toi, en attente. Mais ne va pas le prendre là où il n'est pas, où en toi il ne tiendra jamais; il t'en cuirait. Tu n'en sortirais pas vivant. Ça ne plaisante pas, de ce côté.

Cherche à te passer de « leur » appui. Dès l'instant que tu cries au secours, tu perds tes moyens, tes réserves secrètes disparaissent, tu n'existes plus. Tu coules.

Even if you were silly enough to show your-self, don't worry; they can't see you.

Coward, you do have courage. But where do you have it? You don't know.

It's there like something alien to you; you have no idea how to use it. So be more searching; it's there, sound asleep, fool that you are, because of your incompetence, your incuriosity, and because you hide in the face of new beginnings. So find it. It would be too stupid to let it go, since it's inside you, waiting. But don't go after it where it can't be found, where it'll never take hold inside you; it would cost you. You wouldn't come out alive. There's no playing around with these things.

Try to make do without "their" support. From the moment you cry out for help, you lose your bearings; your secret reserves disappear; you no longer exist. You dribble away.

Né dans une époque de ratés, profites-en, si tu n'as pas honte. Ils se reconnaissent en toi. Ce n'est qu'une époque.

La suivante, ou d'autres plus tard, bientôt—on n'est jamais longtemps sans les revoir—, seront époques à courage, nécessitant vaillance, vaillance avant tout, vaillance au premier degré. Et sang-froid. Où serait ta place alors? Tu n'auras plus aucun sens dans celle-là, même si par extraordinaire ta vie s'allongeait jusque-là. Les gens à révoltes, à dégoûts, qui alors se retournera sur eux?

Dans la rue, dans ta rue, dans la rue de tes représentations, de tes pensées à la volée (pensées : décharges d'humeurs), dans la rue, sans pouvoir sortir, te croyant arrêté, assis, ou étendu, immobile, te croyant dans une habitation, dans un refuge mais en réalité dans la rue, dans la rue depuis ton premier cri de nouveau-né découvrant ceci et cela, l'air, les pays et les langues et les personnes,

Born to an age of washouts, make the most of it, if you're not ashamed to. They see themselves in you. It's only an age.

The next one, or others later, sooner—we never have to wait long for them to return—will be ages of courage, calling for bravery, bravery before everything else, bravery of the highest kind. And cool-headedness. Where would you fit in then? You won't have any meaning in that age, even if by some amazing chance your life lasted that long. And who, then, will turn back for the rebellious, the discouraged ones?

In the street, your street, in the street of your imaginings, your scattered thoughts (thoughts: discharges of humors), in the street unable to leave, thinking you're stopped, seated, or stretched out, motionless, thinking you're in a dwelling, a refuge, but actually in the street, in the street from the time of your first birth-cry discovering this and that— air, countries, tongues, and individuals—taking

recevant de tout, broyant n'importe quoi, faiseur d'inutile, voyant grand, agissant petit, faisant ménage hâtif avec ce qui se présente, concevant mal, croyant t'arrêter, te reposer, te terrer, mais toujours poussé en avant, avec l'Histoire, avec leurs histoires, dans la rue qui croise les leurs, qui en a croisé quantité, dans ta rue toujours, ah, c'est fini : ta rue ne va pas plus loin.

Disant « la civilisation occidentale », tu penses « ta » civilisation.

Si tu demeurais seul sur terre, quand même elle serait encore intacte (et même avec quelques-uns en ton genre), qu'est-ce que tu arriverais à en faire remarquer, de « ta » civilisation?

Tombé à l'eau, un homme s'enfonce. Le courant le roule, le retourne, l'enfonce, l'emporte. Il ne reviendra plus à la surface. A tous les orifices, l'eau se presse, a pénétré irréversible, faisant barrage tout autour. Poumons bloqués, la respiration

everything in, chewing it all up, pipe-dreamer, seeing big, acting small, hurriedly setting up shop with whatever comes along, imagining badly, thinking of stopping, resting, lying low, but always pushed forward with History, with their histories, in the street that crosses theirs, has crossed so many others, still in your street—ah, it's over: Your street does not go on.

Saying "Western civilization," you think "your" civilization.

If you alone were left on earth, even if it were still intact (and even with a few others like you), how would you manage to get it going again— "your" civilization?

Having fallen into the water, a man goes under. The current rolls him around, turns him over, pushes him down, carries him away. He won't come back to the surface again. Water presses against all his orifices, has penetrated irrevocably,

est hors de fonctionnement. Une seule aspiration intempestive a tout bouché. D'autres sont impossibles. Ce serait un mur à soulever. Quelques secondes manquent, déjà le temps n'est plus en face, n'est plus qu'en arrière. La vie entière paraît défiler (erreur, seulement de sacrés petits faits divers, bagatelles autrefois trouvées importantes, se montrent une dernière fois, passant vivement à la file).

L'impression d'avenir n'est plus continuée, que seule la respiration ininterrompue soutenait, à mesure. Dehors des gens avec leur « présent » complet, en bon état, avec le confort (sans le remarquer) de respirations régulières, faiseuses d'avenir, se promènent inconscients possesseurs de l'indispensable, et béats ou crispés rêvent au superficiel, au superfétatoire.

Reconnaître quelqu'un ne va pas de soi. Reconnaître son père, sa femme, son fils, ou un ami demande une mise au point si délicate qu'on se demande parfois comment il se fait qu'on

setting a circle of barricades around him, damming him up. Lungs blocked, breathing non-functional. Everything plugged by a single, untimely inhalation. Others are impossible. Like lifting a wall. A few seconds lack; already time is no longer ahead, just behind. His whole life seems to flash by (wrong—just a few damned oddities, trivialities once deemed insignificant, appear a final time, quickly filing past).

The sense of a future, sustained only by uninterrupted, measured breathing, no longer goes on. Outside, people with their complete "present" in good shape—with the convenience gone unnoticed of regular, future-making breaths—are walking around, oblivious owners of what's indispensable, happily or anxiously dreaming the superficial, the supererogatory.

Recognizing somebody isn't automatic. Recognizing a father, wife, son, or friend calls for a tuning so fine that we wonder sometimes how it happens that we succeed at this activity so often, how

réussisse cette opération si souvent, comment le matin surtout après une longue nuit traversée de fascinantes et dépaysantes images.

Si sur la route de la vie tu es arrivé à un certain point (par exemple, celui d'un âge avancé), peut-être vas-tu connaître les difficultés de cet état. Tu vas en avoir l'occasion. Ne la laisse pas passer en te plaignant inconsidérément de ce qu'on ne manquerait pas d'appeler un trouble et tout ce qui s'ensuit.

Oh! cette facilité qu'il y a à confondre les plus proches parents avec de simples passants plus ou moins de la même taille! Fais en silence sans te démonter (si tu le peux) les observations convenables, intéressantes au plus haut point et que bien des spécialistes t'envieraient et ne connaîtront jamais que de l'extérieur. Tâche de ne pas te trahir tout de suite, si tu ne veux pas qu'on prononce sur toi, sans percevoir le principal, des mots irrévocables et dégradants qui à ceux de l'autre bord servent de pensée.

En cas de danger, plaisante.

in the morning especially after a long night riddled by fascinating and unsettling images.

If on the road of life you've arrived at a certain point (for example, that of advanced age), maybe you're going to know the difficulties of this condition. You'll have the chance. Don't let it go by with you thoughtlessly complaining about what invariably would be termed a disorder, with all that involves.

Oh, how easy it is to confuse closest relatives with ordinary passers-by of more or less the same size! Without losing your momentum (if you can do it), silently make the appropriate observations—supremely interesting and capable of making a number of specialists envious who'll never have anything but outside knowledge. Try not to give yourself away too quickly if you don't want those, who haven't perceived what's central, to judge you with irrevocable and degrading words that serve as thought on the other side.

When in danger, joke.

Si tu es dans un lieu, te croyant dans un autre lieu, dans une année te croyant dans une autre année, ne sois pas trop inquiet, pas trop confiant non plus. Tu n'es pas renversé et pas totalement foudroyé.

Il te faut trouver le commencement de cette imprégnation qui comme une odeur t'enveloppe et qui ne permet pas d'envisager qu'elle ne soit plus, ni que tu sois sans elle.

Reviens en arrière. Sans te libérer de l'idée fausse, puisque tu n'en es pas capable, cherche avec l'attention sauvage qui te reste et qui ne sera pas terrassée, le moment de l'*irruption* du lieu nouveau, et le moment *qui immédiatement a précédé ce moment* (moment ou minute ou demi-quart d'heure). Si tu le trouves, tu es sauvé et sorti du lieu faux où tu étais piégé.

D'autres fois ce sera plus adhérent, d'autres fois moins, assez désarçonnant tout de même.

Tu veux apprendre ce qu'est ton être? Décroche.

If you're somewhere, thinking you're somewhere else, in one year thinking you're in another year, don't get too upset, or too confident, either. You haven't been run over or completely knocked down.

You need to find the starting point of this permeation wrapping you like a smell and not allowing you to imagine its not being there, or your existence without it.

Back up. Without freeing yourself from the wrong idea—since you're incapable of it—search with whatever wild, uncultivated concentration you have left for the moment when the new place *erupted* and the point *immediately preceding that moment* (moment or minute or half-quarter hour). If you find it, you're saved and out of the wrong place where you were trapped.

Sometimes it will be stickier, other times less so; pretty bewildering, either way.

You want to learn what your being is? Pull out.

Retire-toi en ton dedans. Tu apprendras tout seul ce qui est capital pour toi, car il n'est pas de gourou pour ce savoir que toutefois un enfant de cinq ou même de quatre ans peut de lui-même apprendre et pratiquer s'il en sent le besoin à la barbe des grands indésirables, tenace et approfondissante absence.

Des inconnus ou mal connus s'annoncent. Ils viennent en amis… eh! euh! garde tout de même ta distance d'alarme. Sur le plus élémentaire savoir concernant la conduite de la vie, en sauras-tu moins qu'un simple animal?

Il est dit dans les écrits de Djatt le philosophe : « Nos renseignements comme notre réflexion établissent avec certitude qu'il n'y a pas de Noirs. Il ne saurait y en avoir. C'est une insulte qui s'adressant à des hommes, en tant que malpropres, et sentant fort, ou mal soignés (sans doute parce que sans ressources), insulte, qui s'étant petit à petit étendue sans discernement, a pu faire croire à des

Withdraw to your inside. You'll learn by yourself what's crucial for you, because there's no guru anyway for this knowledge that a child of six or even four can learn on his own and make use of if he needs to, under the nose of those looming undesirables: tenacious and ever-deepening absence.

Strangers or near-strangers approach. They come as friends…. Well, hey—keep a wary distance, anyway. On the most basic knowledge about how to behave in life, would you be less aware than a simple animal?

It is said in the writings of the philosopher Djatt: "Our information like our reflection establishes with certainty that there are no Blacks. There could not be any. It's an insult addressed to men with regard to filth or strong smell or poor care (doubtless stemming from poor resources)—an insult that having spread little by little and unperceived was able to make the naive believe that there were in

naïfs qu'il y avait en réalité des Noirs, une race de Noirs dans le monde, alors que seuls le dédain et le désir de ravaler d'autres hommes a inventé cette race jamais rencontrée. Rien ne distingue de vous-mêmes ces prétendus hommes noirs sauf leur état misérable. Seule l'inimitié dans le cœur de méchants et d'insolents qui avaient besoin d'un ennemi à mépriser créa ce mythe heureusement en voie de disparition. »

Ainsi parlait Maître Djatt.

Supposons un espace de temps de quinze secondes. Ce n'est pas beaucoup. Si, c'est beaucoup. C'est une bonne norme. La façon d'utiliser ce court espace de temps suffit à faire la différence entre les uns et les autres et pour la vie entière.

Une nature rêveuse n'est pas seulement celle d'une personne qui au cours de tel ou tel épisode de la vie se sera montrée distraite, sans prendre de décision ou rêverait d'être cheval ou…généralissime. Non. Dans chaque suite de quinze ou même de cinq ou six secondes, le vrai rêveur s'étale en écoulement

fact Blacks, a race of Blacks, in the world; whereas only disdain and the desire to demean other men has invented this never-encountered race. Nothing distinguishes these so-called Blacks from yourselves other than their miserable condition. Only enmity in the heart of the spiteful and the insolent, needing an enemy to scorn, created this myth, fortunately on its way to extinction."

Thus spoke Master Djatt.

Let's imagine a span of time five seconds long. It's not a lot. Yes, it is a lot. It's a good norm. The way this short span of time is used is enough to make the difference between one person and another for an entire lifetime.

A dreaming nature isn't one in which a person involved in this or that episode in life simply appears distracted, not making decisions, or dreaming of being a horse, or a commander-in-chief. No. In each segment of fifteen or even of five or six seconds, the true dreamer sprawls into a medita-

méditatif ou en radeaux de débris flottants, que vont suivre, s'y accrochant, d'autres écoulements —écroulements, où personne ne dirige, où tout est entraîné sans commandement, où ce qui semble vague cependant est indétournable.

Ne se proportionnant pas au réel, au réel extérieur subalterne qui est le souci des autres, le rêveur-né n'en fait qu'une prise négligente, infidèle, bientôt vouée à la perte, à l'oubli ou à de vains déformants recommencements.

Continuellement déporté d'instant en instant, par un cheminement déviant, atteint d'une inclination pour les secondes évasives, l'être de rêverie par une attention naturellement glissante se trouve détourné. Il y aura des conséquences à la longue. On voudra de cela faire une profession. Et la rêverie déshonorée tombe dans la honte de l'imagination escomptée, linéaire, littéraire…pour finir en chantier.

Toi, de ton côté, n'interromps jamais un rêveur. Comment ne te haïrait-il pas?

tive flow or onto rafts of floating debris that follow and catch hold of other flowings—fallings that nobody guides, pulled along without supervision, vague but nevertheless unstoppable.

Not measuring himself by the real—the subordinate, exterior real that others care about—the born dreamer makes only a desultory, traitorous grab, soon bound to failure, oblivion, or futile, twisted, ever-new beginnings.

Continually carried away from one instant to the next by a meandering path, afflicted by a taste for evasive seconds, the dreaming being is turned aside by a naturally sliding attention. There will be consequences in the long run. A person will want to make a profession of it. And dishonored dreaming falls into the shame of a predictable, linear, literary imagination that ends up on the work force.

For your part, never interrupt a dreamer. How could he not hate you?

Dans une époque d'agités, garde ton « andante ». En toi-même redis-toi toujours: « Davantage, davantage d'andante », tâchant de t'amener où il faut que tu arrives. Sinon, précipité, tout devient superficiel. Les indignés du moment n'y échappent guère, pressés comme ils sont, afin de n'être jamais en retard d'une indignation. Leurs voix aussi ont trop d'aigu.

D'une façon ou d'une autre, le plus savant des hommes comme le plus ignorant, l'un et l'autre ignorent où est leur ignorance, comment elle les enrobe, les conserve, les maintient malgré quelques escapades, ignorance de base.

Dans la vie d'un homme la quantité d'émotions assimilable par lui n'est pas infinie. Beaucoup même arrivent bientôt au bout. Plus grave, l'éventail de ce que tu peux ressentir n'a qu'une ouverture limitée. A grand-peine, avec de grands risques ou avec de la chance ou beaucoup de ruse,

In an age of agitation, keep your "andante." Say over and over to yourself: "More, more andante," trying to get where you need to be. Otherwise, abruptly, everything turns trivial. Our day's indignant ones hardly escape, rushing as they do never to be late for an indignation. Their voices are also too shrill.

In one way or another, the wisest of men like the most ignorant are both ignorant of where their ignorance lies, how it sheathes them, preserves them, sustains them in spite of a few brave escapades: fundamental ignorance.

In a person's life the amount of emotions he can assimilate is not infinite. Many even come quickly to the end. More seriously, the range of what you're capable of feeling, like a folding-fan, has only a limited breadth. With great effort, risks,

tu arriveras un peu plus quelquefois à l'ouvrir, quelque temps.

Mais l'éventail de la nature est ainsi fait que, si tu n'y veilles constamment, il rétrécit bientôt sans cesse jusqu'à se fermer.

Sois fidèle à ton injustice, à ton terrain d'injustice innée, et le plus d'années possible. Ne va pas, poussé par de bonnes intentions et des conseils sans profondeur, y renoncer, injustice qui t'est indispensable et t'évite de vils compromis, ainsi qu'à beaucoup il arrive à cause d'une justice d'emprunt et de calcul où, apeurés, ils se sont soumis prématurément.

Sache n'importe où tu te trouves reconnaître *ton* axe. Ensuite tu aviseras.

Ne proclame pas tes buts. Même et surtout si tu les vois, ou crois les voir. Au départ déjà, te restreindre!

or luck, or a lot of trickery, you'll sometimes manage to open it a little wider, for a little while.

But the fan of nature is made so that, unless you're vigilant, it shrinks quickly, relentlessly, until it closes.

Be faithful to your injustice, your innate terrain of injustice, for as many years as possible. Spurred on by good intentions and shallow advice, don't give up that indispensable injustice shielding you from sordid compromises, the kind that happen to many because of some borrowed, calculated justice they submitted to prematurely, out of fear.

No matter where you are, know how to recognize *your* axis. Then you'll work something out.

Don't announce your goals. Even, and above all, if you see them, or believe you see them. Right from the start, hold back!

Si affaissé, brimé, si fini que tu sois, demande-toi régulièrement—et irrégulièrement—« Qu'est-ce qu'aujourd'hui encore je peux risquer? »

N'accepte pas les lieux communs, non parce que communs, mais parce qu'étrangers. Trouve les tiens, observe-les sans les révéler, seulement pour connaître tes demi-vérités apparemment nécessaires, rideaux vétustes, erreurs incomplètement éteintes qui ont leur place en ta vie et sont là non comme vérité, mais comme stabilité, une certaine cocasse stabilité, vieux tramways dans une ville en expansion. Ose les regarder en face.

Descends, oui, descends en toi, vers cet immense rayonnage de besoins sans grandeurs. Il le faut. Après tu pourras, tu devras remonter.

Une certaine araignée chaque matin fait dans la nature et en tout lieu qui s'y prête une toile admirablement régulière. Après ingestion d'un extrait de champignon hallucinogène—que par ruse on lui a fait prendre—elle commence une toile dont

However weighed down, washed-up, bullied you may be, ask yourself regularly—and irregularly —"What can I risk again today?"

Don't accept commonplaces, not because they're common, but because they're foreign. Find your own; study them but don't reveal them, just so you know what seem your necessary half-truths: shabby curtains, imperfectly blotted-out mistakes with their place in your life being not truth but stability, a kind of strange stability—old trolleys in a sprawling city. Dare look at them squarely.

Go down, yes, down into you, toward that huge aisle of shelves of unglorified needs. You have to. Afterwards you can, you must, come back up.

A certain spider every morning makes an admirably regular web in nature and every available place. After ingesting an extract from an hallucinogenic mushroom it was tricked into taking, the spider begins a web whose whorls bit by bit no

petit à petit les spires ne se suivent plus et partent de travers, et d'autant plus que la quantité absorbée est plus considérable : une toile de folle. Des parties s'affaissent, s'enroulent, Zygiella notata, c'est son nom, ne s'arrête pas avant d'avoir obtenu la dimension habituelle mais, devenue incapable de suivre son plan, un plan qui pourtant ne date pas d'hier, mais de dizaines ou de centaines de siècles, passant intact et parfait de mère en fille, elle commet des erreurs, des redoublements, ailleurs laisse des trous, elle, si soigneuse, et passe outre. Les dernières spires sont un balbutiement, un vertige, c'est comme si elle avait eu un éblouissement. Oeuvre en ruine, ratée, humaine. Araignée si proche de toi maintenant. Nul sur la drogue n'a plus justement, plus directement exprimé le trouble des enchevêtrements. En frère, regarde ses ruines en fil. Mais qu'a-t-elle donc vu, Zygiella?

L'intemporel n'est pas plus occulté par le temporel que le temporel n'est occulté par

longer follow each other and go askew, increasingly as the amount absorbed is greater: the web of a mad creature. Some parts collapse, twist in on themselves—Zygiella notata, that's its name—doesn't stop until it has achieved the customary dimensions, but become incapable of following its plan, a plan, however, that doesn't date from yesterday but from tens or hundreds of centuries, passing intact and perfect from mother to daughter, it makes mistakes, redoublings, in other places leaves holes, it, so careful, and goes heedlessly on. The last whorls are a stammering, a vertigo, as if it had blacked out. A work in ruins, messed up, human. Spider so close to you now. No one on drugs has more exactly, more directly expressed the turmoil of entanglements. As a brother, look on its threaded ruins. But just what has Zygiella seen?

The immaterial is no more obscured by the material than the material is obscured by the im-

l'intemporel. C'est entre tes mains, tout cela, l'un comme l'autre.

Contemplation. Tu en connais déjà quelque chose peut-être. Une certaine substance t'y aidait. C'était facile alors, tu étais projeté dedans, il n'y avait plus qu'à y rester grâce à la merveilleuse sustentation vibratoire, facilitant tout, que te donnaient ces étranges substances une fois avalées, prothèse invisible qui maintient sans effort en contemplation, en suspens dans le dépassement.

Maintenant te reste à connaître l'autre, la vraie sans secours, sans appui, avec précisément le contraire de tout appui, du moindre appui; là, infime, comme tu es, flocon... si tu ne t'es pas épaissi, si tu ne te crois pas devenu important. Alors peut-être l'Immense toujours là, le virtuel Infini se répandra de lui-même, annulant les mauvais restes. Tu rentreras dans l'Espace hors de l'espace. D'autres chemins? Soit. Si seulement tu peux persévérer...

Vers ta nouvelle naissance, ton trajet.

material. All of that is in your hands, the one thing like the other.

Contemplation. Maybe you already know something about it. A certain substance helped you. It was easy then. You were catapulted inside—all you had to do was stay there, thanks to the marvelous, vibratory, upward lift that eased everything, given by those strange substances once you swallowed them—invisible prosthesis that effortlessly sustains in contemplation, in suspension inside the movement beyond.

Now you're left to know the other kind, the real one, without help, without support, with just the opposite of any support, the least support; there, microscopic as you are, a fleck. If you haven't thickened, if you don't think you've become important. Maybe then the ever-present Immense, the virtual Infinite, will on its own spread wide, canceling the bad residue. You'll return into Space from out of space. Other paths? Fine. If you can just persevere....

Toward your new birth, your journey.

Je rêve aux images élémentaires, aux rêves que d'autres, en d'autres situations, d'autres temps et lieux, en des corps différents surtout… ont pu avoir. Leurs images de base—fondements de leur tempérament—, répondant à leurs faims, leurs besoins, leurs penchants, si je pouvais les voir…, à leur débouché comme elles leur arrivent dans l'abandon nocturne, lorsque des accidents de la vie, y ayant jeté le trouble, celui-ci alors les leur remet brusquement en lumière, en désordre, à la diable, groupés avec de l'hétérogène, dans une simultanéité inattendue—baroque et cocasse accord d'un merveilleux sans pareil, ambigu et traître—

. . . .

moi, directement me nourrissant de leur matérialité muée.

Vivre fut un choix, plusieurs fois, des centaines de fois, mais principalement entre cinq ou six « possibles », inducteurs de vies différentes (chacune réussie, gâchée ou nulle).

I dream in primal images, in dreams that others, in other situations, in other times and places, especially in different bodies, could have had. Their fundamental images—the ground of their temperaments—answering their hungers, needs, tendencies were I able to see them—at their onset, as they come in nocturnal abandon to the dreamer, when life's vagaries, having thrown into the mix a turmoil that abruptly highlights the dreamer's images—in disorder, willy-nilly, a mixed bunch, in unexpected simultaneity—weird and ridiculous fusion of a matchless, ambiguous, untrustworthy supernatural—

....

me, directly feeding on their moulting materiality.

To live was a choice, a number of times, hundreds of times, but principally from among five or six "possibles," catalysts into different lives (each successful, wasted, or void).

Et tu as choisi de les écarter sauf une.

Le choix sacrificateur a eu lieu.

Là, pas ailleurs est le péché originel, s'il en est un. Il se rappelle à toi, plus qu'un père, plus qu'un sur-moi, plus qu'une faute, plus tenace, mieux capable de faire apparaître d'un coup la fosse d'une vie inutile, absurde, à laquelle on ne trouve plus aucun sens.

Celui qui a cru être ne fut qu'une orientation. Dans une autre perspective sa vie est nulle.

La révélation qu'ils n'étaient qu'un personnage (on le sait par nombre de biographies) anéantissait les saints. Le diable, pensaient-ils, avec la permission du ciel et en punition de leur orgueil, leur infligeait cette souffrance. Ainsi appelaient-ils leur lucidité abominable.

L'autre lucidité soudain manquait. Elles s'excluent.

And you chose to push them aside, all but one. The sacrificer-choice has taken place.

There—nowhere else—the original sin, if there is one. You remember it more than you do a father, more than a superego, more than a mistake— more tenacious—more able to uncover on the spot the grave-pit of a useless, absurd life, empty of meaning.

The one who thought he existed was just one direction. From another perspective his life is nil.

The revelation that they were only a single character (we know it through numerous biographies) negated the saints. The devil, so they thought, with the permission of heaven and in punishment for their pride, inflicted this suffering on them. Thus they called their horrendous lucidity.

The other lucidity suddenly was lacking. They exclude one another.

Que de gènes insatisfaits en tous, en chacun!

Et toi aussi, tu pouvais être autre, tu pouvais même être quelconque et…l'accepter.

Quel être t'es-tu mis à être?

[*Fin, deuxième partie*]

So many unfulfilled frustrations in all of us, every one of us!

And you, too, you could have been different, could even have been—ordinary—and accepted it.

What being are you set on being?

[End, Part II]

Communiquer? Toi aussi tu voudrais communiquer? Communiquer quoi? tes remblais? —la même erreur toujours. Vos remblais les uns les autres?

Tu n'es pas encore assez intime avec *toi*, malheureux, pour avoir à communiquer.

Nouvelles de la planète des agités : avec un fil à la patte, ils filent vers la lune, avec mille fils plutôt, ils y sont, ils alunissent et déjà songent à plus loin, plus loin, à des milliers des milliers de fois plus loin, attirés par le désir nouveau qui n'aura plus de fin, dans un ciel de plus en plus élargi. Cependant sans s'arrêter, des masses immenses dans les espaces tournent à toute vitesse, s'écartent, se fuient, s'attirent, s'équilibrent, orbitent, muent, géants de matière au paroxysme, jusqu'à explosion, jusqu'à implosion, luttant, enragés d'existence, l'existence

Communicate? You too would like to communicate? Communicate what? your backfill?—the same mistake again and again. All of your backfill heaped on itself?

You're not yet intimate enough with *you*, poor fool, to have something to communicate.

News from the frantic planet: a ring through their nose, they're ringing the moon, a thousand rings and they're there; they're moonlanding and already dreaming farther, farther, thousands and thousands of times farther, drawn by unending new desire into wider and wider sky. Yet incessantly, huge masses in space spin at full tilt, spread out, fling apart, draw together, steady themselves, orbit, transform—gigantic matter in paroxysm to the point of explosion, to implosion, struggling, crazed with existence, existence for the sake of existence,

pour l'existence, pour pendant des milliards d'années continuer à exister, étoiles de toute sorte et galaxies, elles aussi entraînées à exister.

Mais pourquoi donc? Pourquoi?

Suicide en satellite.

Celui qui repassera sur cette orbite entendra d'étranges sons : sur des millions de kilomètres d'espace sans personne, un cosmonaute fantôme, sa préoccupation inapaisée, frappe perpétuellement un dernier message qu'on ne s'explique pas.

Dans une vitrine de musée, un grand chien sur ses quatre pattes campé, bien droit. La bête est calme, l'œil insolent, extraordinairement insolent, être à qui l'on n'en impose pas. Des chiens pareils, si l'on en rencontrait dans la rue, beaucoup s'arrangeraient pour n'avoir plus à y circuler.

Dans un coin, collé à la vitre, une brève note apprend qu'on est en Afrique équatoriale, que le chien est un lion et le lion un Roi.

for continuing to exist over billions of years, stars of all kinds and galaxies, they too drawn to exist.

But for what? Why?

Suicide by satellite.

Someone who passes through this orbit again will hear strange sounds: across millions of miles of empty space, a phantom cosmonaut, his effort unrelenting, perpetually tapping out one last message no one can decipher.

In a museum showcase, a big dog planted on four paws, very straight. The creature is calm, the eye insolent, extraordinarily insolent—someone not to be imposed upon. Meeting a dog like that in the street would convince many people not to travel in that neighborhood again.

In a corner, stuck to the glass, a short note informs us that it's Equatorial Africa, that the dog is a lion and the lion a King.

Le peintre, sujet d'un chef redouté, n'a pas exprimé un dynamisme supérieur, ne l'a pas cherché, n'a pas dû le trouver nécessaire. Le signe suffisait. Le Roi était celui qui fait baisser les yeux. Royauté : droit à l'insolence.

Ce genre de regard ne se fait plus, particularité qui permet la datation.

Dans un pré exigu paissent une vache et un cheval. La nourriture est la même, le lieu est le même, le maître dont ils dépendent est le même et le gamin qui les fera rentrer est le même. Néanmoins la vache et le cheval ne sont pas « ensemble ». L'un tire l'herbe de son côté, l'autre de l'autre sans se regarder, se déplaçant lentement, jamais très proches et si cela arrive, ils paraissent ne pas se remarquer.

Aucun commerce—ils ne s'intéressent pas l'un à l'autre—mais pas non plus d'agression, ni querelle, ni humeur.

The painter, subject of a feared chief, didn't express a superior vitality, didn't look for it, must not have found it necessary. The sign was enough. The King was the one who makes others lower their eyes. Royalty: right to insolence.

This type of look is no longer practiced—a particularity that allows us to put a date on it.

In a cramped field a cow and a horse are grazing. The food is the same, the place the same, their master the same, and the kid who brings them in the same. Nevertheless, the cow and the horse aren't "together." One pulls on the grass from its side, the other from its side, not looking at one another, changing locations slowly, never very close, and, if that should happen, seeming not to notice.

No interaction—they're not interested in each other. But also no aggression, no fights, no moods.

De haut du ciel un homme tombe. La vitesse va augmentant, vitesse pour laquelle il n'a aucun frein, d'aucune sorte.

Le temps qui lui reste est grignoté en silence.

Chute maintenant, seulement chute.

Le sol en bas commence à perdre de son lointain, montrant par endroits des inégalités, des ombres, ce qui à coup sûr signifie rapprochement, un redoutable rapprochement..

La sorte de relatif confort des hautes altitudes a disparu.

Les événements à venir commencent à entrer dans l'aire du présent. Les détails en bas apparaissent en plus grand nombre, serrés les uns contre les autres... bientôt contre oui.

Il n'est plus loin maintenant, peut-être à onze secondes, peut-être à neuf ou seulement à huit.

Le sol, oh! comme il est pressé, le sol, tout à coup!... pour rencontrer un homme, un seul, car il n'y en a aucun autre en l'air en ce moment, du moins visible. On ne lui tire plus dessus. Plus besoin, plus du tout. Soldat S. ferme les yeux, il en a assez vu à présent. D'une certaine façon, il y a des années qu'il tombe, soldat S.

From high in the sky a man is falling. His speed is accelerating, speed for which he has no brake whatsoever.

The time he has left dribbles away in silence.

Falling now, nothing but falling.

The ground below begins to lose remoteness, showing irregularities, shadows in places—what definitely implies a coming together, a fearsome coming together….

The relative comfort of high altitudes has disappeared.

Coming events begin entering the sphere of the present.

Details below show up in greater number, crowding against one another—soon against him.

He's not far now, maybe eleven seconds, maybe nine or just eight.

The ground—oh, how much in a hurry the ground suddenly is—to meet a man, just one, since there isn't another in the air right now, at least not in sight. No one shoots at him any more. No need. None at all. Private S. closes his eyes. He's seen enough for now. In a way, Private S. has been falling for years.

Plus tu auras réussi à écrire (si tu écris), plus éloigné tu seras de l'accomplissement du pur, fort, originel *désir*, celui, fondamental, de ne pas laisser de trace.

Quelle satisfaction la vaudrait? Écrivain, tu fais tout le contraire, laborieusement le contraire!

Les heures importantes sont les heures immobiles. Ces fractions du temps arrêtées, minutes quasi mortes sont ce que tu as de plus vrai, ce que tu es de plus vrai, ne les possédant pas, n'étant pas par elles possédé, sans attributs, et que tu ne pourrais « rendre », étendue horizontale par-dessus des puits sans fond.

Les arbres frissonnent plus finement, plus amplement, plus souplement, plus gracieusement, plus infiniment qu'homme ou femme sur cette terre et soulagent davantage.

The more you succeed at writing (if you write), the further you'll be from fulfilling the pure, strong, original *desire*—that fundamental thing—to leave no sign.

What satisfaction would be worth that? Writer, you do just the opposite, laboriously opposite!

The important hours are the motionless ones. Those stopped fractions of time, half-dead minutes, are the truest thing about you, the truest you—not owning them nor being owned by them, without attributes; you couldn't "render" them, horizontal expanses over bottomless pits.

Trees tremble more finely, more fully, more supplely, more gracefully, more infinitely than man or woman on this earth and give more solace.

Les peurs, les appréhensions, les soucis, la mélancolie, les tendresses, les émotions inexprimables, les arbres, pourvu qu'il y ait un souffle de vent, savent les accompagner.

Le précieux, le véritablement précieux est distribué sans le savoir et reçu sans contrepartie.

Pourquoi des conversations? Pourquoi tant d'échanges de paroles des heures durant? On revient s'appuyer sur un environnement proche et avec des proches s'entretenir de proches, afin d'oublier l'Univers, le trop éloignant Univers, comme aussi le trop gênant intérieur, pelote inextricable de l'intime qui n'a pas de forme.

Seigneur tigre, c'est un coup de trompette en tout son être quand il aperçoit la proie, c'est un sport, une chasse, une aventure, une escalade, un destin, une libération, un feu, une lumière.

Cravaché par la faim, il saute.

Qui ose comparer ses secondes à celles-là?

Qui en toute sa vie eut seulement dix secondes tigre?

Fears, anxieties, cares, melancholy, tenderness, inexpressible emotions—with just a breath of wind, trees know how to accompany these.

The precious, the truly precious, is given obliviously and received without acknowledgment.

Why conversations? Why so many hours-long exchanges? We come back to lean on a nearby environment and with those nearby discuss the nearby in order to forget the Universe, the too-distancing Universe, like the too-troubling interior, inextricable spool of the formless intimate.

Lord tiger: it's a trumpet blast through his entire being when he sights his prey—it's a sport, a hunt, an adventure, a climb, a destiny, a liberation, a fire, a light.

Lashed by hunger, he leaps.

Who dares compare his own seconds to these?

Who in his whole life has had even ten tiger-seconds?

Va, tant qu'il est possible, jusqu'au bout de tes défaites, jusqu'à en être écœuré. Alors, *la magie partie*, les restes—il doit y en avoir—ne t'abîmeront plus. Voilà comment en sortir, *si tu veux en sortir*. Si tu y tiens vraiment. Saturation. Avant, tu ne peux rien de définitif, ni par la contemplation ni par la critique. Et après, quasiment plus de problème.

[*Fin, troisième partie*]

Go, as long as it's possible, all the way to the end of your defeats, to the point of feeling disgust. Then, *when the magic leaves*, the residue—there ought to be some—will stop overwhelming you. That's how to get through, *if you want to get through*. If it really matters to you. Saturation. Before that, you can't do anything definitive, either in contemplation or criticism. Afterward, almost no problem.

[*End, Part III*]

Tu tiens vraiment à monter à l'échelle? Et si c'est pour finir pendu?

Entoure-toi d'un insatisfaisant entourage. Rien de précieux. A éviter. Jamais de cercle parfait, si tu as besoin de stimulation. Plutôt demeure entouré d'horripilant, qu'assoupi dans du satisfaisant.

Qui sombre journellement n'a pas besoin d'un paquebot et d'un iceberg à la dérive pour couler, couler indéfiniment. Pas besoin de mise en scène.
Pas de Titanic. Ni d'Atlantide. Pas d'accompagnement et rien à voir. Seulement tu coules.

You're really set on climbing the ladder? And suppose you wind up hanged?

Surround yourself with an unsatisfying circle of friends. Nothing precious. To be avoided. Never a perfect circle, if you need stimulation. Better to live surrounded by annoyance than to doze inside what satisfies.

Someone who founders daily doesn't need an ocean liner and a drifting iceberg to bring him down, down indefinitely. No need for a production.

No Titanic. Or Atlantis. No accompaniment and nothing to see. You just go down.

Pour se délivrer d'incertitude, ils défilent, pensant qu'ils déferlent, cœurs d'enfants dans un corps de foule.

Et toi?

La montagne montre encore des mouvements qu'elle a subis il y a tellement longtemps.

Tu vas pour cela auprès d'elle, afin de retrouver, et sans risque à présent, la grandeur de ses gestes d'autrefois et l'allure extraordinaire qu'elle devait avoir lorsqu'elle s'arrêta dans un dernier soulèvement.

Cependant si énorme que soit la masse pierreuse, des vapeurs même légères l'interceptent couramment jusqu'à en avoir raison en apparence, et te la remettent à plus tard.

Différentes heures font différentes montagnes.

Mais la grandeur n'est pas annulée. Elle demeure.

Tu la respires.

To liberate themselves from uncertainty, they demonstrate, thinking they resonate—children's hearts in a mob's body.

What about you?

The mountain still shows movements it underwent a very long time ago.

That's why you approach it—to rediscover, and now without risk, the grandeur of its former gestures and the extraordinary way it must have looked at the point when it stopped in a final upheaval.

Yet however huge the rocky mass, even wisps of haze commonly block it to the point that they seem to hold sway over it and hold you off until later on.

Different times make different mountains.

But the grandeur isn't wiped out. It lives on.

You breathe it.

Par-dessus les marais, les oiseaux ne chantent pas à gorge déployée.

Mais dans le bocage, quel ramage!

Certains restent en vie seulement par timidité. L'effort nécessaire pour mettre fin au souffle, au sempiternel battement du cœur, à tout ce qui en soi persiste à durer serait si grand, et si péremptoire la décision qu'elle serait comme venue d'un autre, d'un de ceux-là mêmes précisément faits pour la vie et ses entreprises et pour y demeurer le plus longtemps possible. Ce serait *in extremis* changer de personnalité, la détruire et soi en plus.

Dans tes premiers dessins d'enfant quand tu commençais à crayonner, tu mettais à la forme humaine des bras à ta façon. Il en sortait de la tête, de la poitrine, de partout. Bras vers le haut, vers le large, bras pour t'étirer, pour te détendre, pour davantage t'étendre, t'étendre, à l'aventure, bras

Up over the swamps, the birds don't sing at the top of their lungs.

But in the wildwood, what warbling!

Some go on living only through timidity. The effort necessary to put an end to breath, to the never-ending beating of the heart, to all that in one's self insists on going on, would be so great, and the decision so authoritative, that it would be as if it came from someone else, from one of those especially made for life and its ventures and for staying alive as long as possible. It would be *in extremis* to change the personality, destroying it and one's self as well.

In your first childhood sketches when you started drawing, you put arms on the human form in your own way. They came out of the head, the chest—everywhere. An arm going up, going out, an arm to stretch you with, to relax you, extend you more, extending you haphazardly, a makeshift

de fortune sans savoir où déboucher, bras à tout hasard.

Pourtant tu les avais déjà vus, les hommes et les femmes, ces grands corps auxquels ne viennent jamais plus de deux bras. Il n'importait à toi. Tu mettais les bras à ton goût. Tu n'allais pas les compter.

Et auparavant plus jeune encore en ce monde, c'est tourner et faire tourner et répéter qui était ton plaisir; tu lançais sans plan et sans recherches de tournantes lignes de façon qu'en sortent des tourbillons sans arrêt : âge de la perpétuation, tu en profitais sur place, en rond, sans te lasser, reprenant, reprenant, recommençant.

Solaire sans le savoir…

Le chimpanzé, comme toi, dès qu'on lui met une craie entre les doigts, tout entier alors adonné à ce que les adultes hommes nomment gribouillis. D'approximatifs tourbillons il ne se lasse pas. C'est cela, qu'il a à faire, à dire, sans fin, sans arrêt une fois qu'il l'a trouvé.

Quel naïf avait pensé que le chimpanzé allait dessiner un ou une chimpanzée?

arm not knowing where to come out, a just-in-case arm.

Yet you'd already seen men and women, those big bodies with never more than two arms coming out of them. You didn't care. You put arms the way you wanted them. You weren't about to count.

And before, even younger in this world, it pleased you to turn and to make things turn, and then repeat; without thought or study you dashed off spiraling lines that spawned endless whirlwinds: at an age to repeat, you took advantage of it right away, tirelessly circling, picking up again, again, starting over.

Solar, and not even knowing it.

Like you, the chimpanzee, from the moment someone puts a piece of chalk between its fingers, is totally given over to what adults call scribbling. It doesn't tire of its rudimentary swirls. That's what it does, says, endlessly, ceaselessly, once it has found the way.

What simpleton might have thought the chimpanzee would draw a male or female chimpanzee?

Connais ton code et garde ce qui peut être gardé. Détourne-toi des rusés aux longues oreilles.

Dans les plus anciens contes du monde, l'importance particulière des secrets à garder est constamment signalée. Le danger de la divulgation, l'as-tu oublié? Dans nombre de sociétés douées d'une élémentaire sagesse, un rituel de passage est institué—dure épreuve—pour les adolescents. S'ils peuvent se retenir de crier, ils sauront en son temps garder un secret. Ils peuvent entrer dans la société des adultes. Pas avant. Quel sot confierait un secret à qui ne peut se retenir lui-même?

Quoi de plus vaste, de plus abondant, de plus intime que le pathologique?

Quel champ plus omniprésent, constamment se renouvelant et de toutes parts affluant vers l'indéfendable corps, pour l'ensemencer en germes, en maladies?

Cependant à la longue, les menaçantes maladies ne venant pas toutes au rendez-vous

Know your own rule and keep to yourself what can be kept. Turn away from the long-eared, clever ones.

In the world's oldest stories, the singular importance of keeping secrets is constantly emphasized. Have you forgotten this danger of divulging? In a number of societies gifted with elementary wisdom, a rite of passage is set up—a harsh test—for adolescents. If they can keep from crying out, they'll eventually know how to keep a secret. They can enter adult society. Not before. What fool would tell secrets to someone who can't hold back when he should?

What more vast, more overflowing, more personal than the pathological?

What field more ubiquitous—perpetually self-renewing and rushing from everywhere toward the defenseless body to seed it with germs, with diseases?

Yet in the long run, with not all threatening diseases showing up for the dreaded rendezvous, the

appréhendé, l'imagination hypocondriaque chez certains, pourtant doués, s'exténue, insuffisamment rénumérée en maladies réelles, tout en restant abondante en malaises... Que faire? Le besoin de représentation et de manipulation de malheurs alors lassé d'attendre se dirige vaille que vaille vers d'autres domaines où, avec des agités, des inquiets d'un type différent, ils trouvent à se martyriser en groupes... une sorte de progrès pour les indécis.

A la campagne, dans le coin de la chambre tu vois remuer un rat. Ou serait-ce seulement une loque que l'air a fait frissonner? Tantôt plus rat, tantôt plus loque.

Celui qui n'a encore jamais tué transpire, pris de malaise et d'une dévoyante émotion inattendue qui approche même du vertige.

La virginité encore intact (quant au meurtre) reçoit une tentation, un choc. Pleines de problèmes, les virginités.

La frêle colonnette de petites vertèbres qui fait tenir ensemble le petit animal fureteur et impu-

hypochondriacal imagination of some nonetheless gifted people strains on, insufficiently rewarded in real diseases while abounding in discomfort. What to do? The need for showing and telling about miseries, by then weary with waiting, heads for better or worse to other domains where, joining the wrought-up and bothered of another kind, they manage to get martyred in groups: progress of sorts for the faint of heart.

In the countryside, in a corner of the bedroom, you see a rat move. Or could it be just a rag quivering in the air? Now more rat, now more rag.

The person who hasn't yet killed is sweating, gripped by discomfort and by an unexpected, furtive emotion approaching dizziness.

The as-yet-intact virginity (regarding murder) undergoes a temptation, a shock. Highly problematic, virginities.

The fragile little column of small vertebrae that holds together the intrusive and arrogant little animal, disrespectful toward man like all its species—

dent comme toute son espèce, irrespectueuse de l'homme, ah! si un coup sur le dos lui était asséné, c'en serait fini de cette irritante vie au ras du sol.

Déjà de l'inavouable prend en toi des proportions énormes, les proportions d'une guerre! Pour un rat! Ainsi travaille l'irrésolution. Allons, agis, un rat, ça ne va pas crier tellement fort. Mais le problème demeure : une virginité doit-elle être vaincue, ou gardée? Décide-toi, le rat n'attend pas... Il a déjà filé.

Lui aussi vivait une aventure pressante qu'en individu d'action il résolut lestement.

Chacun a observé chez les autres les idées fausses, et qui le demeurent.

Comment ne leur apparaissent-elles pas fausses avec tous les défauts qu'elles ont? Cela devrait inquiéter. Pourquoi n'en serait-il pas de même pour soi, pour toi? Les Idées sur lesquelles aucune objection ne porte. Inutile—l'expérience le prouve—d'essayer de les corriger. Il faudrait que toutes les racines viennent avec.

Et si ces idées fausses—d'en face, ou de

ah! if a blow were administered to its back, then its irritating, dirt-level life would be over.

Already the unspeakable takes on gigantic proportions inside you, warlike proportions! For a rat! So goes indecisiveness. Come on, act! A rat isn't going to shriek all that loudly. But the problem remains: should virginity be conquered, or kept? Make up your mind; the rat won't wait. Already it has darted away.

It too underwent an urgent adventure that, being an individual of action, it resolved briskly.

Every person has observed wrong ideas held by others—ideas that stay wrong.

How can these ideas with all their flaws not appear wrong to these people? That ought to be troubling. Why wouldn't the same thing apply to oneself—to you? Ideas untouched by any objection. Futile, experience proves, to try correcting them. All their roots would have to come out.

And these wrong ideas—from nearby, or one's

l'environnement—, tu allais les « contracter » ou d'autres du même genre…

Non, ne t'inquiète pas. Tant que tu gardes ton terrain, tu n'as aucune chance de prendre leurs mauvaises idées. Pour cette même raison tu n'as que peu de chance de prendre certaines idées excellentes qu'ils peuvent avoir… du même type. Elles ne vivraient pas sur tes terres. Et qel substitut trouver aux racines-mères qui font défaut? Il faudra pourtant remuer ton terreau de temps à autre. Sinon dépérissement, déclin même.

Soucis, ces rongements enragés.

Ah si tu pouvais voir leur dansante machinerie au lieu des objets qu'ils portent, objets ou sujets qui dégoûtent, gênent, agacent et sans que tu puisses passer outre.

Prodigieux comme cela fonctionne! Soucis enjambent tout. Des situations solides sont attaquées, déplacées, dévoyées, rétrécies en un instant, l'instant suivant étirées, en un sens, ou en dix, sans poids, sand fond et pourtant faisant buter,

surroundings—what if you were to "catch" them or others like them?

No, don't worry. As long as you hold to your own ground you have no chance of picking up their bad ideas. For this same reason you have only a slight chance of picking up some of their excellent ideas of the same sort. They wouldn't live on your land. And what substitute could you find for the missing mother-roots? Still, you need to stir your compost around from time to time. Otherwise, a withering, even a falling away.

Anxieties, those crazed gnawings.

Ah, if you were able to see their dancing machinery rather than the objects they carry—objects or subjects that disgust, bother, exasperate, and without which you might be off and running.

Amazing, the way it works! Anxieties straddle everything. Solid situations are attacked, moved around, led astray, shrunk one instant, the next, stretched one way or ten, weightless, bottomless and yet tripping you up, objecting to everything,

mettant tout en objection, renversant, éparpillant, déséquilibrant, faisant se dessaisir de ce qui semblait tenu le plus fermement et le plus naturellement : vie des heures. Les torturants objets du tracas ont pris la place.

Répétitifs, mais sans aucune systématisation ou afféterie. Tout le contraire.

Proches des grimaces incoercibles, des tics, sans raison repris, mais intérieurs et autrement rapides, n'ayant pas à entraîner un muscle ou un groupe de muscles. En somme incomparables.

Ne soulageant pas davantage l'objet de la préoccupation que ne le font les tics, gestes sans membres, *tracasseries presque abstraites* à l'état de gymnastique gratuite, surlogique ou illogique avec la constance et l'ineptie qui leur convient.

L'agitation s'est mise dans le système. Instabilité—sollicitations auxquelles tu ne peux donner suite, indésirables appels à décider.

Avec quelle célérité passent les séquences que tu voudrais, mais que tu ne peux ralentir, griffonnages mentaux dans un train d'enfer.

overturning, scattering, unbalancing, causing you to let go of the one thing that seemed the most firmly and naturally held: life in time. The agonizing objects of the upset have taken its place.

Repetitious, but with no system or studied air. Just the opposite.

Closest to uncontrollable grimaces, tics, repeated without reason, but internal and much faster, not needing to draw on a muscle or muscle group. All in all, incomparable.

Not reassuring the object of concern anymore than would a tic—memberless gestures—*near-abstract irritants* in the state of gratuitous gymnastics, supralogical or illogical with the constancy and incompetence befitting them.

Agitation gets into the system. Instability—petitions you can't respond to, unwelcome calls to decide.

With what speed zip by the sequences you'd like to but can't slow down—mental jottings on a train from hell.

Si une solution était trouvée, tout ce cirque se déferait comme par enchantement et il n'y aurait plus rien à observer.

Mais tu ne te décides pas à décider…

Et des heures passent. Des jours, des nuits.

C'est lorsque leur objet est le plus vil, le plus médiocre, le plus terre à terre, c'est là, n'étant pas pris par un émoi supérieur, que tu peux le moins mal les suivre.

Sinon, si le souci est amour ou grandeurs, tu ne verras plus qu'amour et grandeurs, et tu ne peux pas l'observer. L'idée même d'observer la mécanique martyrisante scandaliserait. Et ainsi le stress te tient et te maintient d'oscillation en oscillation.

Échafaudanges et déséchafaudages, horripilation des allers et retours qui ne servent à rien, grattage incoercible… et l'absurde inutilité des répétitions, des assemblages et désassemblages continue, imprévisible; avec parfois quelque clairières de pensée normale qui alors repart «

If a solution were found, this whole circus would come down like magic, and there'd be nothing left to study.

But you aren't deciding to decide....

And the hours go by. Days, nights.

It's when their object is the basest, most mediocre, most down-to-earth—it's there, not being overwhelmed by a higher tumult, that you can follow them with the least trouble.

Otherwise, if the anxiety is love or glory, you won't see anything more than love and glory, and you can't study it. The very idea of studying its mortifying mechanism would be shocking. And so stress holds and sustains you from one fluctuation to the next.

Scaffoldings erected, disassembled, exasperation of useless comings and goings, uncontrollable scratching around—and the absurd futility of repetitions, all the putting together and taking apart goes on, unpredictable; with occasionally a few clearings of normal thought that then take off

glissando » pour quelque temps avec une bonne fluidité, au lieu de l'automatisme des séquences obtuses. Mais ce n'est pas encore la fin. Plus tard elle arrive, trouvée la solution, ou acceptée l'abdication. Alors tout, définitivement fluide, s'arrange, la mécanique se défait, se dissipe, les mouvements superflus cessent... et s'oublient (si vite, c'est curieux) et tu ne peux plus compter sur de grandes représentations avant d'autres soucis d'ailleurs probables, tant ils s'accrochent de préférence aux habitués. Grignotage fidèle.

Happée par ces tics invisibles aux autres, telle vie ne sera guère faite d'autre chose.

Difficulté de mettre à leur place les nouvelles données. Difficulté de la substitution : celles d'avant et leur entourage là depuis tant d'années s'accrochent avec le confort et les astuces de la familiarité.

La difficulté de délier, plus grande que la difficulté de relier; plus longuement emmêlée d'émotion. Que faire?

again with good "glissando" flow for a time, in place of the automation of obtuse sequences. But it's not over yet.

Later it comes—the solution found, or abdication accepted. Then everything, definitively fluid, falls into place, the mechanism shuts off, winds down, the extraneous movements stop—and give way (so quickly, it's odd), and you can no longer count on the big distractions ahead of other still likely anxieties, so preferential is their cling to the people used to them. Faithful gnawing.

Gripped by these tics that others don't see, such a life hardly holds anything else.

Difficulty putting new bits of information in place. Difficulty substituting: earlier bits and their related pieces there for so many years, holding on with ease and the guile of familiarity.

The difficulty of unraveling, greater than the difficulty of tying back up; longer entanglement with emotion. What to do?

Incidents parfois d'un type différent, qui choquent, qui précipitent, qui feraient haleter.

En cas de trouble persistant, observe combien remarquable sont les interceptions de pensées. Tu es à un bon carrefour pour l'étude de ce phénomène intéressant.

Si tu penses que ce que tu penses est pensé par un autre que toi en toi-même, ou bien tu es sauvé— c'est rare, très rare—ou bien tu t'affoles, tu ne peux te dégager de l'humiliante, traîtresse emprise, période où de grandes complications te menacent, venant de ceux qui t'observent.

Il ne faut pas les laisser douter. Tu sais comme ils pourraient agir, prendre des mesures, comme ils disent, des mesures calculées.

Incidents sometimes of a different sort that shock, race on, make you gasp for breath.

In case of persistent turmoil, observe the remarkable interceptions of thoughts. You're at a good crossroad for studying that interesting phenomenon.

If you think what you think is thought by someone other than yourself inside you, either you're saved—that's rare, very rare—or else you're panicking, can't free yourself from the humiliating, deceitful control—a point in time when great complications threaten you, coming from those watching.

Don't let them guess. You know how they might behave, might take action, as they say—calculated action.

Si tu arrives à dormir, c'est que le spectacle, la présence du réel tu en as assez, tu n'en peux plus.

Fini tout ce mesuré, mesuré mais voyant. Tout sombre, tu sais t'y dérober, tu l'arrêtes et tout s'arrête et coule dans une indifférence qui n'inquiète pas. En effet le lendemain tu te réveilles avec à peu près les mêmes sottises que la veille, quand pourtant tu n'en pouvais plus de tenir ensemble les pièces, structures ou débris, toutes ces illusions en forme de réalité, que tu reprends maintenant *grosso modo* et pas fâché de les retrouver pour faire face à ce qui va se présenter.

Mais ne serait-ce pas que chaque soir tu voudrais plutôt seulement t'éloigner, t'éloigner en voguant de l'insatisfaisant monotone qui persiste à se présenter? Ce serait là ton désir.

Le sommeil en somme la plus constante de tes déceptions.

Un cœur de grenouille, il faut l'avoir vu, détaché du corps, en un tube de verre où on l'a mis avec

If you manage to sleep, it's because you've had enough of the show, the presence of the real; you can't take it any more.

Done with everything moderated, moderated but over-obvious. It all sinks; you know how to get away from it; you stop it, and everything stops and flows in an untroubling indifference. In fact, the next day you wake up with just about the same muddleheadedness as the night before, when, however, you couldn't take any more of holding the pieces together—components or debris—all those reality-shaped illusions that you now pick up again more or less, not upset to rediscover them, to face what's going to show up.

But wouldn't you rather just wander off every night instead, wander off drifting from the unsatisfying monotone that keeps showing up? That would be your wish.

Sleeping away the most steadfast of your disillusionments.

A frog's heart—you have to have seen it, separated from the body, in a test tube where they put

un liquide convenable, continuant à battre, des jours durant et davantage. Plus impressionnant que dans la poitrine originelle d'où il fut extrait, il faut l'avoir vu, coupé de tout, mais toujours vaillant, aveuglément et vainement à son affaire, non distrait, accomplissant sans un raté, sans une hésitation son œuvre de battant, battant, battant dorénavant pour personne, faiseur d'une marée régulière comme lorsque dans la nature à l'intérieur d'un modeste batracien il se trouvait abouché aux artères et veines d'un organisme, poussant environ à chaque second un flot de sang, d'hématies et de globules… et le reste. Dès l'embryon, dès l'œuf il était en route, il mettait en route, auteur de la circulation.

Il fallait des butés comme lui pour avoir réussi dans tant de mares et d'étangs à faire sauter partout des grenouilles, qu'elles en eussent envie ou non, les traînardes comme les autres *propulsées*, emportées par l'entraîneur infatigable, condamnées à aller de l'avant, bon gré mal gré condamnées à de l'avenir, secret de la vie.

it with an appropriate fluid—continuing to beat for days on end, and then some. More impressive than in the original chest from where it was extracted—you have to have seen it, cut off from everything but still vigorous, blindly and vainly about its business, dogged, doing its job without hitch or hesitation, beating, beating, beating from now on for no one, a real tide-maker, as when in nature on the inside of a lowly batrachian it got hooked up to the arteries and veins of an organism, pushing a wave of blood about once per second, corpuscles and globules and the like. From the time of the embryo, the egg, it was on its way, it set things going—author of circulation.

There had to be stubborn ones like it to have succeeded at making frogs leap everywhere in so many pools and ponds whether they wanted to or not, slowpokes like the rest *hurled*, carried off by the relentless coach, condemned to go forth, condemned—like it or not—to the future: life's secret.

Au cours d'un voyage N. vient d'atterrir à New York. C'est en rêve mais il ne le sait pas.

Il est seul, occupé à grimper.

L'endroit où il se dirige est un hôtel, majestueux palace au sommet d'une montagne. Une montagne à New York! N. sait pourtant qu'il n'y en a pas! Mais il ne sent pas la contradiction. Une chaussée y mène, incroyablement en pente au point de donner par moments l'impression d'une paroi rocheuse quasi verticale.

Montée devenue ascension, quoique N. n'en soit pas gêné outre mesure.

Et voilà qu'un peu avant l'arrivée, il est rattrapé. La Mère! Elle est là!

Il l'avait bien oubliée, la Mère. Elle l'a retrouvé… *D'un coup elle est au tournant*, sur lui presque, possédée d'une rage, une rage faite de cent colères et dégoûts accumulés dans une vie entière. Elle le regarde, l'immobilise, tant il est pris au dépourvu, stupéfait. Cette rage diabolique le retient, l'empêche de se libérer, rage qui tellement tend à s'assouvir, une rage qui sort du visage et des petits, petits yeux gris pâle, dans la peau blême—c'est bien

During a trip, N. has just landed in New York. It's a dream, but he doesn't know it.

He's alone, busy climbing.

The place he's headed is a hotel, a majestic palace at the top of a mountain. A mountain in New York City! Yet N. knows there aren't any there. But he doesn't feel the contradiction. A road leads the way—unbelievably steep to the point of seeming at times a near-vertical rock face.

A slope become a rise, though N. isn't particularly bothered by that.

And wouldn't you know that a little before the arrival, someone catches up with him. The Mother! She's there!

He had forgotten all about the Mother. She's found him again. *Suddenly she's at the bend*, almost on him, taken over by rage, a rage made up of a hundred indignations and disgusts accumulated over a lifetime. She looks at him, transfixes him, so caught off guard is he, so stunned. This diabolical rage holds him back, keeps him from breaking free, rage so bent on satisfying itself, a rage that comes out of the face and the small, small pale-

elle tout de même, quoiqu'il ne l'ait jamais vue ainsi, à ce point haineuse, plus vraie qu'elle ne se montra en toute une vie; plus singulière.

Cette passion à l'instant au paroxysme, où il y a la joie démente de n'avoir plus à se retenir après tant d'années, arrivée devant l'objet de sa haine, sur la gorge indéfendue.

Pourquoi indéfendue? En effet pourquoi?

N. à temps se réveille, demeure stupéfié. Commence néanmoins à réfléchir.

Le rêve, d'où peut-il venir? On ne se connaissait plus.

. . . .

Il se rendort. Et ça reprend et toujours à New York, et elle à nouveau qui le retrouve dans cette ville qui décidément lui porte malheur. « Le voilà! » crie-t-elle au père, resté un peu en arrière, sur le côté.

Elle approche, portée par la haine, dont l'accumulation en présence de sa « proie » la transfigure et véritablement la porte psychiquement en avant, sans qu'elle paraisse faire un mouvement, et déjà elle est sur lui, penchée, sa

grey eyes in the pallid skin—still, it really is she, though he's never seen her this way, hateful to this degree, truer than she'll appear in a whole life; more unique.

This passion about to become paroxysm, where there's mad joy at not having to hold back any more after so many years, arrived before the object of her hate on this gorge—on his unprotected throat.

Why unprotected? Why indeed?

N. wakes up in time, remains dumbfounded. Begins nevertheless to ponder.

Where can the dream be coming from? He no longer understood himself.

....

He goes back to sleep. And it picks up again, still in New York, and she once more finding him in that city that clearly wishes him ill. "There he is!" she shouts to the father, standing a little back to one side.

She comes forward, borne by a hatred whose sheer mass in the presence of her "prey" transfixes her and virtually propels her psychically forward without her doing anything; she's already on top

figure grimaçant sous le voltage incroyablement augmenté de sa rage, elle va l'atteindre, lui porter le coup décisif quand…il se réveille.

Suffit. Il gardera la lampe allumée dans sa chambre. Surprenant ce rêve. Il n'a jamais, sauf dans l'enfance, et si peu, voyagé avec eux. On ne s'est plus revu depuis un temps énorme. On n'avait rien à se dire. On n'a jamais rien eu à se dire. D'ailleurs ils sont l'un et l'autre morts depuis quarante ans ou cinquante et qui habitaient un pays où il ne se rend jamais. Quant à songer à eux, simplement ça ne lui arrive pas. Là où il vit, rien ne les rappelle.

… en réfléchissant bien, il y a eu *dernièrement un fait* qui, s'ils avaient encore été en vie, et au courant de la sienne, un fait qui eût pu les frapper, une sorte de succès, à leurs yeux évidemment immérité et dont ils eussent pu être irrités, scandalisés. (Eh oui… cette « ascension »!)

Ce n'est pas à lui, fainéant, propre à rien qui

of him, leaning over, her face contorted under the incredibly heightened voltage of her rage; she's going to finish him off, strike the decisive blow when—he wakes up.

Enough. He'll keep the light in his room on. Surprising, this dream. He has never, except in childhood, and rarely then, traveled with them. They hadn't seen each other for ages. They had nothing to say to each other. They had never had anything to say to each other. Moreover, both of them have been dead for forty years, or fifty, and lived in a country where he never goes. As for dreaming about them, that simply never happens. Where he lives, there's nothing to remind him of them.

… reflecting further, there had *recently been a fact* that, had they still been alive and aware of his life, a fact that might have struck them, a kind of success, in their eyes obviously undeserved and about which they would have been irritated, outraged. (That's right—that "rise"!)

"Success" (!!) coming to him, the lazy good-for-

leur donna tant de soucis et de honte, que la « réussite » (!!) revenait. Il ne fallait pas qu'il parvienne au sommet. Cela ne serait pas. La mère—car c'était elle surtout—*ELLE s'était réveillée d'entre les morts pour* au dernier moment *lui barrer la route.*

… rappelée.

Inouïes dans le règne animal, les mains, ces instruments d'affection et de douceur, qui mieux que n'importe quoi donnent des caresses.

Aussi les animaux qui acceptent de la laisser faire (la main) ne redeviennent plus eux-mêmes, sauf toutefois les félins qui en temps voulu savent reprendre la vie aventurière.

D'autres animaux en pourrissent même, de cette affection. Habitués, ils ne peuvent plus s'en passer. Vivre sans caresses leur est devenu intolérable. Irremplaçable main.

Par là, par cette possibilité particulière de caresse (tandis que la main du singe, du castor et d'autres petits rongeurs reste dure, calleuse, désagréable ou indifférente), cet être agressif, impatient et

nothing who gave them so much trouble and shame. He mustn't be allowed to make it to the top. That would not happen. The mother—because it was she above all—*SHE had risen from the dead* at the last moment *to block his way.*

She: recalled.

Unheard of in the animal kingdom—hands—those instruments of affection and gentleness that give caresses better than anything else.

And so the animals that let it work (the hand) are never the same again, except for felines that can go back to an adventurous life whenever they wish.

Other animals are even corrupted by this affection. Used to it, they can no longer do without it. Living without caresses has become intolerable to them. Irreplaceable hand.

By means of this special capacity to caress (whereas the hand of the monkey, the beaver and other small rodents remains hard, calloused, unpleasant, or indifferent), this aggressive, impatient,

calculateur qu'est l'homme a une sorte de prédestination à la douceur et à l'affection... Les enfants si on les laissait faire caresseraient des loups, des panthères. Cette singularité, mal mêlée à leurs autres inclinations, indiquerait pourquoi, malgré de bonnes et parfois très bonnes intentions, les hommes dans l'ensemble sont brouillons et— peuples aussi bien qu'individus—restent des instables à qui on ne peut longtemps se fier.

Dans la main, plus de tendresse que dans le cœur et dans le cœur plus que dans la conduite.

Ce serait avant tout la main qui, l'ayant fait également manipulateur, fouilleur, chercheur, artisan, ouvrier, étrangleur... et joueur, aurait rendu l'homme si particulièrement inconséquent... et diablement divers.

Mais alors? si elle est réellement à la base, il faudrait bien y revenir, la traiter à part, sans gymnastique toutefois ni « Mudras ». Elle n'a été que trop endoctrinée et tournée vers l'utile.

Trouve « ses » gestes, ceux dont elle a envie et qui seront gestes pour te refaçonner. Danse de la

calculating being has a kind of predestination for gentleness and affection. Children, if we let them, would caress wolves, panthers. This singular trait unmixed with other inclinations shows why, in spite of good and occasionally very good intentions, men on the whole are bunglers and—populaces as well as individuals—remain unstable things that can't be trusted for long.

In the hand more tenderness than in the heart and in the heart more than the behavior.

It's first of all the hand that, having been equally manipulator, excavator, researcher, craftsman, worker, strangler, and gambler, has made man so peculiarly inconsistent and devilishly diverse.

And so? If it's really at the base, we must come back to it, treat it separately, without gymnastics anyway or "Mudras." It has already been too indoctrinated and directed toward the functional.

Find "its" gestures, those it wants and those that will be gestures for reshaping yourself. Hand-

main. Observes-en les effets immédiats et lointains. Capital, surtout si tu ne fus jamais homme à gestes. C'est cela qui te manquait et non pas ce que vainement tu cherchais au dehors, en études et compilations. Indéfiniment *reviens* à la main.

On connaît quantité d'instruments de musique dans le monde.

On n'en connaît pas qui aient une sonorité affreuse, d'aucune époque, même les plus sombres.

La vie des hommes pouvait être primitive, dure, très dure. Dans certaines sociétés la main est coupée pour un simple vol : à celui qui a dérobé une galette, la main est sectionnée… après jugement, séance tenante. Cependant le voleur et le volé et le témoin et le juge, tous, se plaisent à écouter de la musique d'instruments harmonieux. Ils n'en veulent pas d'autre. Ils leur demandent des sons qui charment.

« Cinq notes suffisent, » est-il dit d'une musique, » pour détacher l'âme du corps. » Un sage arabe

dance. Study the immediate and far-reaching effects of it. Crucial, especially if you've never been a man of gestures. That's the thing you lacked, what you vainly looked for on the outside, in studies and compilations. *Come back* indefinitely to the hand.

A great number of musical instruments are known in the world.

None of them from any period, even the darkest, is known to have a horrible sonority.

Men's lives can be primitive, hard, very hard. In some societies the hand is cut off just for a theft: for someone who has taken a cookie, the hand is severed after sentencing, forthwith. Yet the thief and the victim and the witness and the judge all enjoy listening to the music of harmonious instruments. They don't want any other kind. They want instruments to give them sounds that charm.

"Five notes are enough," it is said about a piece of music, "to separate soul from body." An Arab

parlait ainsi d'une mélodie, primitive assurément, peut-être d'une flûte de berger entendue dans la campagne. Dans n'importe quelle campagne en effet sur cette Terre, l'*instrument même* par quoi on commence, soit une pierre, soit une plaque ou une lamelle vibrante, ou une corde en boyau d'animal sur un bois fixé, ou le tuyau d'une tige creuse, il faut qu'il soit *harmonieux*; et n'en sortirait-il qu'un son, l'instrument a été fait de façon qu'il le soit.

Sonorité belle, bienfaisante, qui rend le lieu habitable. Pourquoi? Pourquoi pas d'instruments horribles à entendre?

Le son lui-même probablement a été le modèle. D'une simple corde vibrante la sonorité qui en sort s'étale en savant équilibre, se prolonge. C'est en harmoniques qu'il se poursuit, en une naturelle composition et qui l'espace va occupant. Premier pont, le plus subtil, en même temps dans l'air, sans être vu et intime.

wise man talked this way about a melody—certainly primitive, perhaps from a shepherd's flute heard in the countryside. In fact, in whatever countryside on this Earth, the *very instrument* by which one begins—be it a rock, a metal sheet or vibrating strip, or an animal-gut string mounted on wood, or the shaft of a hollow stem—it must be *harmonious*; and even if only one sound comes out, the instrument was made for doing that.

Beautiful, restorative sonority, making the place livable. Why? Why not instruments awful to hear?

Sound itself probably served as the model. The sonority that comes out of a simple, vibrating string spreads in artful equilibrium, goes on. It's in harmonics that it's carried out, in a natural composition that space continues to fill up. The first bridge the subtlest—simultaneously in the air, unseen and intimate.

Leçon de bon comportement. Une des seules inclinations qu'on pouvait suivre sans danger, une corde vibrante, un tuyau musical la donnait.

L'homme aussi avait en lui une corde pouvant vibrer, et même une double corde.

Il s'en sert, surtout pour parler; ou enfant, pour crier. Pour le chant sa voix apprêtée tend à l'effusion.

Les oiseaux, eux, la plupart, utilisent leur pouvoir de sonorisation avec sobriété, bref appel ou courte délivrance, pour la fuite à quoi ils restent tout prêts. Signaux sans insister, décochés dans la savane ou la clairière. Signaux pour une petite place dans le ciel.

Les rapaces généralement ne s'attardent pas à la musique.

L'homme, de son côté, sûr de soi, bientôt dans l'arrondi, l'étalé, l'orné, le calculé (et sans pareil

A lesson in good conduct. One of the only inclinations that could be followed without danger—given by a vibrating string, a musical tube.

Man also had in him a cord that could vibrate—a double cord, no less.

He uses it mostly for talking, or the child, for shouting. For song his mannered voice tends toward the excessive.

As for birds, they mostly use their sonorous powers judiciously—brief call or hasty dispatch for the flight they're always ready to take. Signals without insistence flashed across savannah or clearing.

Signals for a little place in the sky.

Birds of prey generally don't linger over music.

Man, for his part—self confident, quickly caught up in what's been rounded off, spread open, orna-

dans la complaisance) se met à son aise pour se faire plaisir. En des salles de concert, l'étendue perdue, le volume des sons augmenté, l'orchestre des « civilisés » citadins retentit, guetté par l'éloquence instrumentale.

Musique longtemps proche de la poésie.

Une flûte de roseau suffisait. Quand le souffle l'approche et la traverse, la nostalgie en sort. « Sa » nostalgie que l'homme aussitôt reconnaissait comme la sienne… quoiqu'elle soit plus gracieuse —et il s'en enchantait, qu'il fût berger ou promeneur ou princesse. L'espace alors la faisait et elle rendait l'espace.

Des critiques examinent les mots les plus fréquents dans un livre et les comptent!

Cherchez plutôt les mots que l'auteur a évités, dont il était tout près, ou décidément éloigné, étranger, ou dont il avait la pudeur, tandis que les autres en manquent.

mented, calculated (and unexcelled in indulgence)—relaxes for his own pleasure. In concert halls, with the vastness lost and the volume of sounds increased, the orchestra of "civilized" urbanites reverberates—ambushed by instrumental eloquence.

Music, long kin to poetry.

A reed flute was enough. When breath came near it, went through it, out came nostalgia. "Its" nostalgia instantly recognized by man as his own—though more graceful—and he reveled in it, whether shepherd or passer-by or princess. Then space produced it, and it gave back space.

Critics examine the most recurrent words in a book and count them!

Look instead for the words the author avoided, those he was close to or unmistakably far from, alien to, or fastidious about, whereas others are not.

Des civiisations sans gêne ont comme des plats étalé leurs sentiments. Dans d'autres, la réserve à cet égard et à plusierus égards, quel soulagement!

Va-t-on leur faire la leçon?

Parmi les grands singes, quelques-uns dès leur enfance éduqués, formés à la désignation muette mais reproductible, instruits à répéter, à reconnaître des signes sur des claviers ou au mur, après qu'on leur en a enseigné un bon nombre, en ont *d'eux-mêmes* formés. Spontanément un jeune chimpanzé avec *les deux signes d'oiseau et d'eau* va signifier un *canard* qu'il vient de voir. Il sait faire un signe lui aussi!

Jusqu'à présent les jeunes chimpanzés les plus instruits ne s'adonnent pas au jeu de nommer et de retenir plus d'une demi-heure par jour.

On ne les voit pas encore penchés sur des dictionnaires—il y en aura à leur usage—il y aura aussi des professeurs et des directeurs d'étude,

Coarse civilizations spread their feelings out like dishes. In others, prudence in this and other regards—what relief!

Are we to preach to them?

Among the apes, a few educated from infancy, trained in silent but reproducible name-signs, instructed to repeat, to recognize marks on keyboards or a wall, after being taught a good number, formed some *own their own*. Spontaneously, a young chimpanzee with *the two signs of fish and water* indicates a *duck* he has just seen. He too knows how to sign!

Until now the most instructed young chimpanzees don't devote more than a half-hour per day to the game of naming and retaining.

You don't yet see them bent over dictionaries— some will be there for their use—also some professor-chimpanzees and study-director-chimpan-

chimpanzés. Auront-ils la même assurance que les professeurs hommes?

Pour n'être compris qu'entre soi d'une certain façon, des langues se sont faites. Et une infinité de dialectes. Langues de clan, langues-contre, langues d'opposition. *Patois contre langue.*

Rendre la langue moins belle, plus « compère », plus terre à terre.

Un village avait nom : *Grassheide*. Le plaisir pour les habitants était de prononcer *Geshâ*, de se dire de *Geshâ*. Un *hâ* très appuyé, écrasé, plein de réclamation pour affirmer sa destinée pauvre, méprisée. Nuance, mais combien expressive aux oreilles intéressées.

Cette prononciation, on ne la leur aurait pas fait changer pour des hectares de bonne terre; c'était comme un impôt qu'ils mettaient, que ce pauvre hameau démuni, boueux, triste, à l'odeur de fumier mettait sur la langue.

zees. Will they have the same self-assuredness as professor-people?

So as to be understood only among groups of people in a particular way, languages have been formed. And an infinity of dialects. Clan languages, counter-languages, opposition languages. *Dialect combating language.*

Make language less beautiful, more "you-and-me," more down-to-earth.

The name of the town was *Grassheide.* The pleasure for the inhabitants was to pronounce it *Geshah',* to say they're from *Geshah'.* An *ah'* very forced, flattened out, full of demand for affirmation of its poor, scorned destiny. A nuance, but ever so expressive to interested ears.

This pronunciation wouldn't have been modified for several acres of good land; it was like a tax that they levied, that this poor, impoverished, muddy, sad hamlet smelling of manure levied on the tongue.

Par le prononcé déformé, épaissi, ils mettaient *leur marque* avec insolence, irrespect, sans-gêne sur les êtres et les lieux et les choses, comme l'Indien par le sanscrit avait mis la marque de la méditation, de la religion, de la grandeur, de la démesure, de l'orgueil, et de la sérénité, en tout ce qui était à nommer depuis le pou jusqu'à Vishnou lui-même.

Des langues se font, se détachent. En danger les langues trop belles. Les hommes ont besoin aussi d'insignifiance, de familiarité, de facilité.

Mieux adaptés au réel vulgaire, partout des patois pour plus de baroque, de pittoresque, de campagnard.

Lente et sourde, *la guerre des langues*. Présentement elle reprend autrement.

On connaît nombre de groupes humains pauvres; on ne connaît pas de langues pauvres. Elles ont toutes des milliers de mots. Elles en fourmillent avec des subtilités qu'on n'attendait pas. Énorme *avoir* tandis que la même population

Through the distorted, thickened pronunciation, they made *their mark*—with insolence, disrespect, lack of consideration—on beings and places and things, the way that the Indian in Sanscrit had made his mark—with meditation, religion, grandeur, excess, pride, and serenity—on everything nameable, from the louse to Vishnu himself.

Languages form, separate. At risk, the too-beautiful languages. Humans also need insignificance, familiarity, ease.

Dialects abound better adapted to the ordinarily real, to something more eccentric, colorful, rural.

Slow and shadowy, *the war of languages*. Soon it picks up again in some other way.

We know of many impoverished human groups. We know of no impoverished languages. All have thousands of words. They swarm with unexpected subtleties. Huge *owning* while the same, barely clothed, miserably housed population

à peine vêtue, logée misérablement n'a parfois que quelques rares et médiocres outils et n'en cherche pas d'autres.

Effet de fouinage : le dictionnaire, calme réponse multiforme de la société humaine qui n'en finit pas d'avoir de la curiosité. Sédentaire, égal et fonctionnaire, le dictionnaire est son signe.

Des guerres, il y en eut; et partout et souvent et des destructions. Mais le dictionnaire grossit toujours. Les particularités intéressent l'homme, ne finissent pas de l'intéresser. Il les réunit—Le stock augmente et l'encyclopédie.

On a besoin d'idées fausses; la très grande idée fausse est dynamogène et comme telle convient.

L'écart entre le réel et l'illusoire, plus il est grand, plus il suscite et nécessite de l'ardeur, plus elle est attendue.

has sometimes only a scant few and undistinguished tools and isn't looking for others.

Result of snooping: the dictionary—a calm, multi-faceted response by a human society with no end of curiosity. Sedentary, measured, and bureaucratic, the dictionary is its sign.

There have been plenty of wars—all over and often and with losses. But the dictionary keeps getting larger. Distinctions interest man, interest him endlessly. He ties them together: the stockpile gets bigger—and the encyclopedia.

We need false ideas; the very great false idea is dynamogenic and as such is appropriate.

The bigger the split between reality and illusion, the more fervor the split arouses and obliges, the more awaited the idea.

Dans la mesure où l'idée, la doctrine est utopique (mais qui serait si commode, excellente, satisfaisante et salutaire si elle n'était fausse et inapplicable ou mythique), elle oblige à l'élan… Les disciples afflueront, réchauffés, chaleureux qui lui sacrifieront esprit, autonomie, existence.

Chaque époque a sa croyance broyeuse, large mouvement d'esprit, fait de plusieurs.

Le temps pour beaucoup est long à passer dans l'attente d'une autre onde à la prometteuse rénovation. Enfin elle arrive et le cycle reprend.

Lorsqu'une idée du dehors t'atteint, quelle que soit sa naissante réputation, demande-toi : quel est le corps qui est là-dessous, qui a vécu là-dessous?

De quoi va-t-elle m'encombrer?

Et me démeubler?

Cependant au long de ta vie, te méfiant de ta méfiance, apprends aussi à connaître tes blocages.

[*Fin, quatrième partie*]

To the degree that the idea, the doctrine, is utopian (but so easy, excellent, satisfying, and beneficial if it weren't false and unusable, or mythic), it requires enthusiasm. Disciples will flock to it, rekindled, hot to sacrifice mind, autonomy, existence.

Each age has its pulverizing belief—broad movement of the mind made from several others.

Time for many is long in passing while waiting for another wave of the up-and-coming renewal. Finally it arrives, and the cycle begins again.

When an outside idea grabs you, whatever its initial reputation, ask yourself: what's the body beneath it, what lived under it?

With what is it going to burden me?

And strip me?

Yet as you live your life, distrusting your distrust, learn also to know your blocking points.

[*End, Part IV*]

Retour à l'effacement
à l'indétermination

Plus d'objectif
plus de désignation

Sans agir
Sans choisir
revenir aux secondes
cascade sans bruit
îlots coulants
foule étroite
à part dans la foule des environnants

Habiter parmi les secondes, autre monde
si près de soi

Return to the wipeout
to the inchoate

No more goal
No more pointing out

Without acting
without choosing
come back to the seconds
silent waterfall
flowing islets
narrow crowd
apart within the crowd around

To live among seconds, other world
so near self

du cœur
du souffle

Perpétuel incessant impermanent
train égal vers l'extinction

Passantes
régulièrement dépassées
régulièrement remplacées
Passées sans retour
passant sans unir
sobres
pures
une à une descendant le fil de la vie
passant...

[*Fin, cinquième partie*]

heart
breath

Perpetual unending changing
steady path to extinction

Passersby
regularly passed by
regularly replaced
passed with no return
passing without joining
solemn
pure
one by one going down the thread of life
passing....

[End, Part V]

GREEN INTEGER:
Pataphysics and Pedantry

Edited by Per Bregne and Guy Bennett

Essays, Manifestos, Statements, Speeches, Maxims,
Epistles, Diaristic Jottings, Notes, Natural Histories,
Ramblings, Revelations and all such ephemera
as may appear necessary to bring society
into a slight tremolo of confusion
and fright at least.

GREEN INTEGER BOOKS

History or Messages from History, Gertrude Stein [1997]
Notes on the Cinematographer, Robert Bresson [1997]
The Critic as Artist, Oscar Wilde [1997]
Tent Posts, Henri Michaux [1997]